破滅的倒懸者 2

內閣情報調查室CIRO-S第四班

The Hanged Man falls into ruin.

吹井賢

雙岡珠子

Narabigaoka Tamako

因為調查國家機密等級的「C檔案」立下功績，正式隸屬於CIRO-S第四班。個性一本正經，秉持正義。常常被不要命的東彌耍得團團轉……

戻橋東彌

Modoribashi Toya

俊美的賭博狂。喜歡賭上性命一決勝負的麻煩人物。雖然是大學生，卻和珠子一同成為內閣情報調查室CIRO-S的特務調查員。

Contents

五辻真由美

Itsutsuji Mayumi

東彌青梅竹馬的好友，也是初戀對象。熟知東彌過去的人物。因為罹患「克萊恩－萊文症候群」而過著住院生活的美少女。

鳥邊野弦一郎

Toribeno Geniliro

珠子和東彌潛入調查的R大學人類科學研究系副教授。以獨特的言論攪亂珠子等人。

輕文學
Light Literature

序幕

「——終極而言，除了自己以外的人類，都只是『身外之物』。」

男人緩緩環顧學生這麼說。

這裡是某大學校園內C棟三樓的大教室。

聽講的學生人數與教室規模相較，少到異常。理由大致可分為兩類：第一，這堂「現代社會學」完全不計出席分數，也就是只憑期末考分數決定成績的科目。一群夥伴當中只要有一個人記筆記，或是向學長姊借課程摘要就行了。學生的出席意願當然會低落。

第二個理由非常單純，就是因為很無聊。考卷內容雖然簡單，但是講台上的年輕副教授講述的內容艱澀難解，幾乎所有學生都會覺得無聊。每週一定會出席的，就只有他的研究生。

「『我思故我在（Cogito ergo sum）』……這句格言的意思，已經在第一堂課提過了。反過來看，也可以說『既然無從確定對方是否在思考，也就無從判別對方是否擁有自我』。」

男人輕輕撥了不知為何與年齡不符的全白頭髮，繼續說道：

「歸根究柢，即使接受笛卡爾理論字面上的意思，證明自我的存在，也沒有辦法證明他人的存在。如果這裡有人提出反對意見，說『這是不對的，其他人如果感到疼痛也會說好痛，而且會表達意見』……那麼不得不說是領悟力太差。」

他把手放在嘴前，發出「呵呵呵」的淺笑聲。

「那只能當作反應或行動的證明，無法用來證明自我。我剛剛笑了，不過在這當中只有『微笑』的事實，沒辦法證明『他擁有喜悅的情感』。」

具有反應與行動，卻沒有自我的存在——這種不具有「意識（qualia）」但看起來與一般人舉止無異的人類，稱作「哲學殭屍」。

他以粉筆寫下單字，發出「喀、喀、喀」的清脆聲響。

「我剛剛提到，『除了自己以外的人類，都只是身外之物』。這句話與『無法區別自己以外的人類是否為哲學殭屍』同義。如果能夠區別，就是行動殭屍了……想到在自己隔壁的是『看似人類的某種物體』，或許有人會感到恐怖，不過請放心，即使不舉哲學殭屍的例子，他人仍舊是謎一般的存在。」

他再度發出「呵呵呵」的笑聲，然後進入結論。

「我雖然笑了，但是你們不知道我是否高興、是否愉快。也因此，譬如行動心理學會著眼於觀測對象的行動這種看得見的事實，而古典經濟學則會假設『人會選擇利己的選項』，透過這種方式來解釋社會。」

這堂課雖然還剩下三十分鐘，此時卻有兩名少年在同一時間站起來，離開教室。

沒有人知道他們在想什麼。有可能是懶得繼續聽下去，也可能是想到重要的事情。不過到頭來，其他人只知道「有兩個學生在同一時間離開教室」。

這兩人恰好成為「無法理解他人」這樣的授課內容的實例。

然而，兩人後來的命運完全不同。

其中一名少年石垣裕二不久後就神祕死亡。另一方面，瀏海過長而遮住眼睛的少年雖然極度逼近死亡，卻存活了下來。

前者為什麼會死亡？幾乎所有學生對此都渾然無知。

也沒有人會知道，後者——戻橋東彌——將解開其死亡之謎。

真正的CIRO-S

月光。

從天空灑下的光之水滴使人瘋狂。

但同時是黑夜中無可替代的路標。

……為什麼會變成這樣？

雙岡珠子今天依舊為想了好幾次的問題苦惱，嘆了一口氣。

八月的太陽似乎完全不在意她的心情，灑下燦爛的陽光。走在校園內的學生表情和珠子形成對比，個個顯得心花怒放。這也是理所當然的，因為期末考今天就結束，暑假即將開始。

為什麼會變成這樣——她想要說出口，但還是閉上嘴巴。她的立場沒有資格埋怨現狀。她是憑著筆墨難以形容的運氣，再加上「他」的力量，才能夠在這裡。

然而，她還是不得不去想這個問題。

為什麼會變成這樣？

「小珠～妳要不要喝點什麼？」

「不要！」

她對站在自動販賣機前的少年怒吼，對方便回應「發脾氣會感覺更熱喔～」。真是多管閒事。

「妳為什麼這麼煩躁？是生理期來了嗎？」

「你想挨揍嗎？」

買了碳酸飲料回到她身邊的少年——戻橋東彌，喜孜孜地笑了。

「來來來，把手挪開。這樣會引人注目喔。」

「吵死了。我是因為不習慣，所以覺得很羞恥！」

「沒關係，很可愛啊，妳應該更有自信一點。」

「不是那種問題！」

珠子壓著黑色喇叭裙反駁。在旁人眼中，大概會以為是「被男朋友要求做不習慣打扮的大學生」吧。雖然這正是當初的目標，不過珠子還是會感到羞恥。這世上的女生怎麼能夠穿這麼暴露的服裝走在外面？她因為過於驚愕，甚至有些敬佩。

錯就錯在她只提出「適合深色頭髮的打扮」這種條件，其餘完全交由店員選擇。女用襯衫的胸口感覺也很危險。雖然她也覺得可愛，卻更強烈地覺得不適合自己，更重要的是感覺很羞恥。

「好啦，不要擺出一張臭臉，開心一點吧。」

「你說這句話之前，明白現在的狀況嗎？」

「當然！」東彌以慣例的輕浮態度回應，接著轉了一圈炫耀剛買的和服風連帽外套，繼續說：「我們要裝成這間大學的學生，祕密調查疑似與特異功能有關的事件，不是嗎？這是我們CIRO-S第四班的首次任務！請多多指教，班長！」

東彌以調皮的笑容這麼說，讓珠子再度嘆息。

……真的，為什麼會變成這樣？

✢✢

這是一間黑暗的房間。

室內宛若單人牢房一般陰鬱，而且很狹窄，伸展雙臂似乎就會碰到左右兩邊的牆壁。天花板上的老舊鎢絲燈泡緩緩搖曳。

房間中央擺了折疊椅，一名少年坐在椅子上。他的瀏海很長，一張英俊的臉龐也因為陰沉的髮型而白白浪費了。他的雙眼綻放扭曲但美麗的光芒，不過此刻因為少年低著頭而無法窺見。

從牆上小窗戶觀察少年——戻橋東彌——的眼鏡男低聲說了一句「真可怕」。

男人的名字是栁辻未練。他喝了一口礦泉水，又喃喃地說：

「……真可怕。這種類型要是變成敵人，真的會很麻煩。」

警察廳警備局警備企劃課，通稱「CHIYODA」。這是為了國家存續，不惜採取非法行為的公安警察。這支「白色部隊」是位於近代國家黑暗面中最深處的一群人。

CHIYODA 的特殊部隊負責處理擁有被稱為「能力」的超凡力量的人。成員當中也有許多人是超能力者，正可以說是實際體現「以毒攻毒」這句成語的存在。

他們為了除去超能力者這種危險分子而不擇手段。獨占暴力正是國家之所以是國家的理由。為了維持和平，甚至連殺害對手都能容許。

戻橋東彌和雙岡珠子 和「佛沃雷」及冒稱「ＣＩＲＯ－Ｓ」的「阿巴頓集團」激戰之後生還，但等待他們的是公安警察的拘禁與調查。

這是理所當然的。他們打倒了惡名昭彰的犯罪集團「佛沃雷」的成員，得知正準備實質支配全世界的軍事工業複合體「阿巴頓集團」的真面目，又得知最高機密「Ｃ檔案」（擁有超能力者資質的兒童名單）的存在，不可能回到原本的日常生活中。

「嗯……」

栁辻未練思索著。

這名少年的能力已經判明了。他使用「操縱對自己說謊的人」這樣的能力，在三方牽制的戰鬥中存活下來。

超能力。特異功能。異能之力。

透過意念扭曲現實、超越人力、卻又屬於人類的異能。

能力千差萬別。雖然具有「本人的願望與情結成形的結果」這樣的共通點，但即使同樣是憎惡的感情，也會因為反映個人的價值觀與理想，不會是完全相同的異能。即使能夠引發同樣的現象，其報酬與代價也不一樣。

如果只看戰果，會以為這名少年是非常厲害的超能力者，然而他之所以能夠擊敗「惡眼之王」，只不過是因為他的能力不為人知。正因為沒有人知道，因此沒有人能夠對付，完全就是「初見殺（註1）」。這種新手好運在黑暗世界很常見。

然而——這名少年的棘手之處不在這裡。

真正可怕的，是他的異端性與異常性。

他雖然有利己之心，卻不會只顧保身；雖然厭惡恐懼與疼痛，但為了得到期待的結果，隨時可以犧牲自己；看似荒謬胡來，但同時又相當聰明；並非懷有單純的自殺傾向，而是能夠依據理性捨棄生命……

能夠清醒地控制自己的瘋狂，能夠選擇場面、控制自己「不受控制」，正是戻橋東彌的異常才能，也是毀滅性的地方。

「而且，即使因為付出代價而無法說謊，他仍舊能夠把敵人玩弄於股掌，實在是太驚人了。話說回來，他也能看穿對方的謊言，所以或許能夠取得平衡……」

椥辻未練檢視報告書。上面記載著「代價：無法說謊」的情報，接著又有一句「能力的應用方式：看穿謊言」。

「操縱對自己說謊的人的能力」——光聽到這樣的敘述，不覺得有什麼厲害之處，畢竟只有在對方對自己說謊的時候才能夠操縱對方。既然只能在這樣的時機操縱對手，就必須要「想操縱某人的狀況」和「那個人說謊」的條件恰好湊在一起，才能夠有意義地使用能力。

說得極端一點，如果對方說的都是實話，即使發動能力也沒有用，更何況自己還是完全無法說謊。

比未練資淺的同僚甚至笑說，「不容易被洗腦或阻礙認知這一點，感覺比較重要

◆註1：遊戲用語，指玩家第一次遇到時很難對付的攻擊或陷阱等。

吧」。能力之間會彼此干擾。如果是同系統的能力，就會更加顯著。彷彿彼此爭食異常力量的資源，雙方的力量都會減弱。

然而，這樣的感想太膚淺了。

若是以這樣的認知，就絕對無法戰勝這名少年。

戻橋東彌的力量最有效的使用方式，就是「看穿對手的謊言」。

如果對手沒有說謊，能力絕對無法發揮。反過來說，如果在對手說的每一句話之後，都發出「眨兩次眼睛」、「用力握緊拳頭」之類的瑣碎命令，便能判別「對手如果受到操縱就是在說謊」、「如果沒有受到操縱就是說實話」。

人類的行為當中，和有意識的行為相較，無意識的行為更多。譬如大概不會有人知道自己平均幾秒會眨一次眼睛。那麼，即使被操控增加眨眼的次數，也絕對不會發覺。不管是舔嘴唇或是摸頭髮，只要不讓對方察覺都可以。

「他大概就是靠這種做法持續獲勝吧。」

不，應該說是持續賭下去。

他是那種不賭某樣東西就無法呼吸的人。

未練對他下的評語，恰巧和戻橋東彌自己和佐井征一對話時說的內容一樣。

「接下來要怎麼辦？」

即便如此，在戰鬥中沒有任何意義也是事實。只要有意，隨時都能夠解決掉他。所幸知道他存在的，只有負責處理上次事件的極少數人。在幹部等級當中，知道的只有未練。在現階段可以採取任何手段來處理他。當然也可以寬容地赦免他，奪取他的能力、讓他返回日常生活。然而像他這樣的人才，這種處理方式未免太可惜了。

如果是敵人會很可怕，但如果是夥伴就很有用。這點是無庸置疑的。

少年本人則揚言「要看小珠的動向來決定」。幸運的是，被稱作「小珠」的少女——雙岡珠子說她想要贖罪。她希望能夠在真正的超能力者處理部門工作，為C檔案相關騷動做個了結。

被阿巴頓欺騙的她一無所知，只是遭受矇騙而已。然而她認為「一無所知」的事實也是罪惡，選擇承擔責任。

這世上有些人能夠看開，認為不知者無罪，但也有些人無法做到這一點。珠子屬於後者，而且她大概也不打算看開。

或者她內心也許明確感到後悔，對於無法阻止上司的死懷有罪惡感。

佐井征一。

直到最後，珠子仍無法理解引導自己的這個人物的本質。明明近在身邊，卻一無所知。包括他犯下的惡行、已經成為重擔的正義感、後悔與悲哀，她全都不知道。這點或許是她最無法原諒自己的地方。

話說回來，栁辻未練對於沒什麼特殊技能或超能力的少女心情，並沒有絲毫興趣，也無從幫忙，只能說「在他的墳前道歉就行了吧」。這件事與他無關，更重要的是人死不能復生。

不過——

如果接收雙岡珠子就能使喚戻橋東彌這樣的奇才，那又另當別論。

「好吧，這也算是緣分。老實說，不管是像那種怪怪的少年，或是那個青澀的少女，我都不討厭。」

就這樣，戻橋東彌和雙岡珠子成為真正的「ＣＩＲＯ－Ｓ」一員。

＋＋

雙岡珠子曾經隸屬的組織，冒稱內閣情報調查室「特務搜查」部門（通稱ＣＩＲＯ－

Ｓ）的阿巴頓清掃部，位於保險公司大樓內。

雙岡珠子與戾橋東彌在漫長的訊問後，被帶到真正的ＣＩＲＯ－Ｓ關西分部參觀。

「感覺好氣派。」

東彌從車內看到那棟建築，發出這樣的感想。珠子也持相同意見。

這棟建築雖然和假機構同樣位於大阪黃金地段，但外觀及內部都有很大差異。招牌上刻有「大阪第二法務聯合辦公廳舍」的文字。就如名稱所示，這是法務省管轄的建築，設有登記、戶籍相關的個別法務窗口，同時是大阪法務局的本局。另外，一如「聯合辦公廳舍」的名稱所示，這裡也有人權擁護部及年金確認第三者委員會（註２）的事務局。

檢視樓層地圖，會發現這棟十一層樓的建築當中，高樓層和其他樓層不同。其他樓層單位雖然繁多，但是都屬於法務省管轄，然而進駐六、七樓的機構是「近畿管區警察局」和「內閣情報調查室關西辦事處」。

前者隸屬警察廳，後者則是內閣官房的內部組織。

◆註２：人權擁護部是屬於大阪法務局的單位，年金確認第三者委員會則屬於總務省。

「從法務省方面來看，等於是把局外人關在高樓層。」

這裡是距離七樓電梯最遠的房間。

引領兩人來到這層樓的眼鏡男椥辻未練，以慣常的態度坐在辦公桌前，從一旁的小型冰箱取出礦泉水。

「這層樓原本是近畿管區警察局，也就是負責近畿地方警察事務和指導的人使用的辦公樓層，後來才成立像我現在這樣的職位，也就是『從公安外調到CIRO的人』。」

幾乎所有工作都是在內閣府辦公廳舍，亦即內閣情報調查室的本部進行，不過基於「在關西也有處理事務的地方會比較方便」的理由，便創設了這個內閣情報調查室關西辦事處。

公安是警察的一個單位，因此辦事處即使設置在隔壁的大阪府警察本部也不奇怪，不過終究是內閣情報調查室的分部，最終還是設置在即使不是中立地帶，至少也是完全不同官署的法務省大樓。

「啊，抱歉，你們可以坐下來。不坐下也沒關係。」

未練以隨性的態度指著會客桌，看起來一點都不像諜報機關的部門負責人，再加上他的年齡，如果被介紹為市公所的低階主管或許還比較像一點。

不過，他毫無疑問是這個國家的頂尖菁英之一。

同時是承擔這個國家黑暗面的人物之一。

「我介紹過自己了嗎？我叫椥辻未練，立場有些複雜，不過確定是你們的上司沒錯。」

「我們畢竟被騙過一次，所以希望你能把有些複雜的立場也說明清楚，以免有任何誤會的地方。」

東彌靠在沙發椅背上這麼說。

他的口吻很輕浮，但明顯看得出他在警戒。

未練點頭說「那當然」，然後依序注視戻橋東彌與坐在他對面的雙岡珠子，開始說明。

「呃，該從哪一部分開始談起呢？訊問你們的是被稱為『CHIYODA』的公安警察祕密部隊當中，負責處理超能力者的部門。這點你們應該知道吧？他們被稱作『白色部隊』。」

「是的。」

「看來好像是這樣。」

珠子摸著用繃帶吊起來的手臂，東彌則望著窗外回答。

未練看兩人點頭，便轉開寶特瓶蓋說：

「很好。CHIYODA雖然是祕密組織，但也是正規的警察單位，所以成員身分隸屬於警察，負責人被稱作『地下理事官』。如果警察廳的菁英哪天忽然從組織圖消失了，大概就是被調到CHIYODA。」

「其中也有人當過眾議院議員吧？」

「妳的知識真豐富。不愧是受過佐井先生的教育。」

「你知道分部長……佐井征一嗎？」

未練舉起單手制止湊向前的珠子，只說「以後再告訴妳」，然後喝水潤了潤喉，回到正題。

「就像警察的特殊襲擊部隊（SAT）、自衛隊的特殊作戰群，雖然避免隊員身分洩漏出去，不過所有成員都是正式的公務員。只有超能力者處理部門的情況不太一樣。」

「你是指『連工作身分都沒有』？這不是跟佐井先生說的一樣嗎？」

「沒錯。就這一點來說，阿巴頓冒充的CIRO-S的確符合超能力者處理部門的實際狀況。」

仔細想想，這也是必然的。

先前未練舉了警察和自衛隊特殊部隊的例子。那些人是各組織培訓出來的猛將。然而超能力者處理部門因為要「對抗超能力者」，會優先採用具有異能的人，年齡與經歷則放在其次。

不僅具備公務員身分，又是優秀的超能力者，這樣的人才當然最理想，但是這種人非常稀少。

「像我被 CHIYODA 招募的時候，還在念大學。要讓未成年人遵循正式程序進入特殊部隊，才是強人所難吧？」

「哦……不過你憑非法程序進入組織，卻好像已經坐上很了不起的職位嘛。」

這句話像是在開玩笑，卻是優雅擲出的問題。

這是「試探」。

從外表來看，未練的年紀大概是三十歲左右。如果照他的說明，是在「學生時代被招募到祕密機構」，那麼他僅僅花費十年左右就爬到相當重要的職位，實在有些不自然。

不過關於這一點，有很正當的理由。

「我的情況比較特殊。我雖然在念大學的時候就已經是 CHIYODA 的成員，不過我也通過國家公務員綜合職考試，進入警察廳。後來我在警察大學研修，又擔任地方警察，然後正式隸屬於警察廳警備局——也就是公安。」

他又補充說明，他原本就想要進入警察單位。

「也就是說……你進入祕密單位之後，又在公開的組織中升官？」

「嗯，大概就是這樣。我在警察單位的位階是警視（註3），所以才能分配到這麼豪華的辦公室、擔任這樣的職位。」

他敲了一下桌上的名牌，上面有「內閣情報調查室外部監察官」的文字。

「內閣情報調查室原本就是外調人員很多的組織。」

「這個單位好像也被當成警察廳的外調去處。」

「位階最高的內閣情報官往往也是由警察官僚擔任的。」

不過栁辻未練的情況比較不一樣。他不是以警察廳菁英的身分調到這裡，而是由公安派遣來的。

CIRO-S和公安同樣在處理超能力者，然而公安方面不希望讓內閣情報調查室亂搞。公安派來牽制CIRO-S的職位，就是未練擔任的「外部監察官」。

不論在什麼時代或是哪一個國家，負責類似業務的組織之間都會有這種勢力範圍之爭。在日本有警視廳與警察廳（公安警察）、或是警察機構與自衛隊，在美國則有聯邦調查局（FBI）和中央情報局（CIA）、或是國家安全局（NSA）。

「對於這樣的做法，內閣情報調查室方面也會覺得不愉快。尤其是特務搜查部門有很多原生成員，也有內閣官房直屬組織的自尊。」

因此，才會替外部監察官準備這樣的辦事處。

「不想被外面的人干涉」的心情，以及「不能虧待警察廳的菁英、公安幹部」的情況，這兩種相反要素加在一起的結果，就形成這種看似禮遇，實際上只是隔離的現況。

「在關東本部、內閣府辦公大樓，也有我專用的辦公室。內閣情報調查室方面的真實心意，大概是希望我『什麼都不要做，只要乖乖喝茶』吧。」

「好吧，我知道監察官先生是很了不起的人了。」

東彌的口吻輕佻到令人懷疑他是否真的明白，不過他很機敏地觀察著室內。

「然後呢？我們變成監察官先生的下屬之後要做什麼？」

◆註3：日本警察階級之一，位階低於警視總監、警視監、警視長、警視正，高於警部、警部補、巡察部長、巡察。

「你們隸屬於『內閣情報調查室特務搜查部門 外部監察官附屬第四班』。說好聽一點是CIRO-S的游擊隊，負責的工作是雜務。」

「說難聽一點呢？」

「既是流放場所，也是測試部隊。這個單位的目的，就是先分配幾個工作給尚未掌握能力的人，然後再考慮其安排方式與待遇。」

未練邊擦方形眼鏡邊回答。

「關於社會保險之類的，你們可以放心。雖然是不合法、非正式的單位，但是你們仍舊是公務員，在薪資方面也會保證有不錯的待遇。另外……對了，還有配給品。」

未練從辦公桌抽屜取出直板機形式的手機、兼作證件的IC卡以及名片夾。證件和名片上有「內閣情報調查室臨時職員」的職位名稱和戻橋東彌與雙岡珠子兩人的名字。東彌接過這些之後，默默地打開手機的電池蓋。

裡面當然是電池。

未練看到他的舉動，苦笑著說「放心吧，裡面沒有炸彈」，接著又說：

「雖然沒有機關，不過也沒有特殊功能。可以使用的只有電話和簡訊。聯絡人當中只有我的聯絡方式，手機也沒辦法上網。」

「這是為了避免情報洩漏嗎？」

「你們可以想成是這樣。這支手機弄丟也沒關係，不過證件要小心保管。如果沒有證件，就沒有辦法進入七樓。被櫃檯或警衛叫住的時候，沒有帶證件也會很麻煩。」

根據他的說法，遇到不知道內情的人，就自稱是「內閣情報調查室的人」；如果對方也是相關單位的人，就說是「栁辻未練的下屬」。

名片和證件上雖然沒有「特務搜查部門」的文字，不過只要是知情的人，報上未練的名字就會明白了。反過來說，只要是不知道外部監察官栁辻未練的人，也不會知道ＣＩＲＯ－Ｓ的存在。這是很簡單的判別方式。

「這層樓的房間裡，包括這間辦公室、隔壁的休息室、訓練室和倉庫這些內閣情報調查室管理的地方，只要用那張卡就可以進入，你們可以任意使用。五樓的餐廳和二樓的咖啡廳也可以自由進出，不過餐飲費沒有辦法報帳。」

「請、請問一下。」珠子不禁舉手。

「請說。」未練允許她提出問題。

「姑且不論休息室和訓練室，這間辦公室和倉庫應該有很多機密資料吧？」

「有啊。我沒有鎖櫃子的習慣，所以只要你們想看，隨時都可以看，也可以讓你們看。」

「這不是很奇怪嗎？就算得到了職位，我們目前仍舊處於試用期吧？怎麼能讓這樣的人接觸機密情報……」

原來是這種事啊——身為他們上司的男人彷彿要這麼說，用一派輕鬆的口吻回答：

「如果情報洩漏，只要進行隱蔽處理就行了——包括你們的存在在內。」

＋＋

接下來的幾個星期出奇地平靜。

兩人每天只是聆聽說明、處理行政手續，有時則接受調查，彷彿「什麼都不做」就是他們的任務。

珠子問過「有沒有什麼指示」，但未練的回答是：

「把妳折斷的手臂治好吧。」

單手無法使用的話，只會礙事而已。珠子可以理解因為她派不上用場而要她待命的道理，但是，對於想要解決阿巴頓與「C檔案」相關事件並為此贖罪的她而言，每一天都感覺焦躁難耐。

他們也曾經詢問過事件起因「C檔案」的事。原本預期「反正應該不會回答吧，畢竟沒有義務告訴剛加入的新人」，沒想到未練卻毫無隱瞞。

「就如戻橋預期的，檔案內容應該是阿巴頓集團掌握到具有超能力者資質的兒童資料。」

雖然仍舊只是推測，但從公安掌握到的阿巴頓動向推斷，想必沒有錯。未練的說法之所以有所保留，是因為檔案內容採用暗號形式。

仔細想想，這也是理所當然的。C檔案是世界級企業的最高機密，視使用方式甚至有可能改變世界，沒有密碼之類的才奇怪。

然而這次入手的資料是在十多年前製作的。不同於沉睡在基石中的儲存裝置，資訊科技不僅日新月異，甚至每一秒鐘都在進化，十年前的電腦現在幾乎已不再使用了。我方當然也沒有理由花費大量心力去解密。

「以前有個超能力者，能夠『創造出不依循正規途徑絕對無法解開的暗號』。這個人或許也參與了檔案製作。現在只知道一件事，那就是原始檔案內容被分成三份，要組合三份資料，才能了解內容。」

「也就是說……只找到一份資料沒有意義？」

「就了解內容這一點來說，的確沒有意義。不過如果不全部收集，其他兩個檔案也派不上用場，所以倒是可以用來牽制包括阿巴頓在內的其他組織，或是進行交易。」

珠子明顯流露出失望的態度。

相對地，東彌則顯得狐疑。

「你是指，像拼圖一樣嗎？」

「你要這麼想也可以。和拼圖不一樣的是，個別的拼圖碎片上沒有圖案，必須全部集合起來才能了解全貌。」

「我懂你的意思，不過擁有那種奇特力量的人，真的存在嗎？我們的異能是本人的理想或願望成形的結果吧？什麼樣的心願或情結，會萌生『製造暗號』這樣的能力啊？」

聽到東彌提出的問題，未練垂下視線。

「……我祖父屬於最末期參加戰爭的世代，因為在當時難得懂英文，所以負責監聽美軍，或是製作我方使用的無線通訊暗號，也就是通信兵。這樣的工作壓力很大，如果艦艇航路被得知，船上的數百名同志就會死掉；行軍有可能遭遇埋伏，被打成蜂窩。他就是在那樣的時代，從事那樣的工作。」

其他夥伴在毫無隱身之處的海上或四面楚歌的荒野。因為任務內容無需離開祖國的男人，出自對於前往戰場戰鬥的夥伴們的罪惡感，即使產生這樣的能力也不足為奇——未練如此說明。

不論如何，雖然很罕見，但仍會出現這種異常能力。

著名的伏尼契手稿（註4）——以未知的文字記錄的古代文書——也是用同樣的能力記錄的。讀不懂也是理所當然。那本書上的文字會因為看的人而改變。如果沒有經過正規程序，或是出現「能夠解讀暗號」的超能力者，大概就沒有破解的一天。

關於這一點，C檔案可以說很幸運。目前已經知道，只要將分割為三份的資料集合在一起，內容就會變得明朗。

然而，剩下兩份資料的下落目前仍舊毫無線索。

「雖然說也要等小珠的手臂治好，不過我猜，監察官他們大概也需要時間吧？」

◆註4：一九一二年在義大利發現的古籍，內容以無法解讀的文字書寫，並附有許多插圖。

東彌邊喝哈密瓜汽水邊開口。

他們剛剛聽了以監察官下屬身分領取的銀色CROWN汽車相關說明並蓋章，然後在聯合辦公廳舍的咖啡廳稍作休息。珠子吐露自己的手臂已經幾乎痊癒，應該可以開始工作了。

「妳還真勤勞。」東彌笑著回應。「公安透過事件後的調查，已經掌握事件概況，不過要讓我們工作，還需要進行其他調查。」

「你是指，他們在調查我們的身分經歷？」

「尤其是直屬上司的那位監察官先生，應該更加慎重。畢竟如果我們發生問題，就會變成他的責任。」

「話是這樣說沒錯……啊，抱歉，我要點一份鬆餅，還有巧克力百滙。」

「小珠，妳還是一樣。」

看到她眼神嚴肅卻表現出大胃王的本性，東彌似乎覺得很好笑。

「像是小珠以前的病情，還有住院的醫院，應該都被詳細調查過了。那個人說得好像自己待在冷門單位，可是不到三十歲就當上警視，不可能沒有影響力。」

他是個既有腦子又有實力的人物——東彌繼續補充。

即使如此，珠子內心仍舊無法完全接受。

和過去的上司佐井征一相較，栁辻未練的氣質和穿著都顯得很隨便，看不出冷靜理性或聰敏之處。說來很奇怪，假冒的佐井征一反而更像CIRO－S的分部長。

東彌也同意這一點。

「實際上，佐井先生雖然不是CIRO－S的人，畢竟也是阿巴頓集團的幹部。不過，他們只是類型不同吧。」

「……類型？」

「佐井先生會下達命令，但是監察官先生大概是那種提出請求的類型。他會透過請求人、受人請求而與各式各樣的人產生聯繫。所以，他的外表看起來好像沒什麼了不起，這樣對他來說或許也比較方便。」

珠子發現眼前的少年似乎對栁辻未練這個人評價頗高。

（……我當時並不了解佐井分部長，他卻看穿了。）

珠子雖然無法釋懷，不過既然有前例在，東彌的眼光應該比較準吧。珠子勉強說服自己，今天也認真執行待命的任務。

兩天後，話題中的未練終於提出「請求」。

✢

「我希望你們去大學。」

未練把兩人叫到七樓辦公室，一開口就提出奇特的「請求」。

他該不會是要他們大學畢業後正式加入警察廳吧？不可能——珠子雖然這麼想，不過還是反問：「去大學？」

「沒錯，去大學。如果不願意，也可以拒絕。」

「要不要拒絕，必須先聽過詳細內容才能判斷。」

「說得也對，抱歉，我簡單扼要地說明吧。」

某間大學有三名學生連續在可疑狀況下死亡。為了調查這起案件，希望珠子與東彌能夠潛入事件發生的大學校園進行調查。

這就是未練敘述的「請求」，或者應該說是任務的內容。

雖然是可疑事件，但還不確定是否是超能力者所為。此外，被殺害的少年沒有隸屬於特定組織，也不是董事長或政治人物的兒子，應該不是因為金錢目的而成為目標。連續發生的三起死亡事件也不知道是否有關聯。

雖然不知道，但的確是可疑死亡事件。

也因此，未練希望他們去調查。

「如果很忙的話也可以拒絕，反正就當作測試自己的能力吧。」

「都死了三個人，我沒辦法用那麼輕鬆的態度面對。」

「妳說得很有道理，希望妳能保持這樣的態度。像我不論是在警察單位或是在超能力者處理機關，都已經習慣了。」

他的語氣當中沒有悲壯，只是淡淡地陳述。

「不過，如果從現實主義的『正義使者』角度來看，和『已經死亡，也不知道是不是事件被害人的三人』相比，『被黑社會組織盯上的無數市民與企業』優先度更高，事件本身的危險度也更高。」

東彌問：「你的意思是，就是因為不太重要，所以才讓我們試試看嗎？」

「目前是這樣沒錯，不過幕後或許有極惡組織在操縱。你們兩人如果能夠解開真相當然很好，就算被幕後黑手攻擊、落到最糟糕的下場，對我來說也沒關係。」

假設「進行調查的內閣情報調查室人員被殺害」，那麼就足以證明一定有內情。

「我因為很忙，不太能支援你們，不過我已經通知大學和現場的刑警。我把警察調查的資料放在這裡，你們先瀏覽一下吧。不要把資料帶到房間外面。接下來就交給你們了。」

未練說完之後，打算離開房間。

面對如此隨便的態度，珠子忍不住叫住他。

「請等一下，栁辻監察官！」

「有什麼問題嗎？我現在必須去東京。赤羽黨的動向很詭異，狹間村的案件也還沒解決，另外還得思考針對自由騎士的處理方式。總之，我很忙。」

「請告訴我一件事。」

「什麼事？」

「你認為這起事件的犯人是超能力者嗎？」

身為公安祕密幹部的男人微微笑了一下回答：

「有九成九的機率，所以我才拜託你們。」

「有可能出現其他被害者嗎？」

「要看犯人的性質，不過我想可能性很高。」

那麼，珠子的答案已經決定了。

她看了旁邊一眼。

站在身旁的少年回以笑容，好像在說「一切就照珠子的意思」。

「椥辻監察官，我們很榮幸接受這項任務。」

混亂的校園

無數的象牙塔宛若監獄，
每個人都被囚禁在塔中，
而且沒有自覺。

他們依照未練的建議，請店員幫忙搭配適合大學生的服裝，在鬧區買齊衣服之後，就變身為一對學生情侶。他們的年紀也很適合，兩人都是二十歲左右，即使在念大學也不奇怪。事實上，東彌的確是大學生。

進入校園的過程出奇順利，他們混入從車站前往大學的學生中，沒有使出任何花招就踏進校門，甚至讓「潛入」這個詞顯得滑稽。

如果是國公立大學或許另當別論，但這裡是學生人數多達幾萬人的大型私立大學校園，即使看到不認識的人，也沒有人會在意；就算注意到了，也會認為「大概是其他科系的人」。而且未練已經事先與大學方面說好，因此即使被叫住，也不會有任何問題。

這麼一來，就會開始懷疑看守校門或是在校園內巡邏的警衛究竟有什麼意義。

「私立大學的警衛在幹什麼？那還用說嗎？當然是取締腳踏車亂停和抽菸。最近的大學校園已經全面禁菸了。」

「……這就是現實狀況嗎？」

「這就是現實狀況。學生人數有好幾萬，不管是進校園或是到教室上課，不可能一一確認身分。」

就讀私立大學的東彌這麼說。

「我也曾經因為朋友邀請，來過這間大學。」他繼續說。

沒錯，巧合的是，事件發生的私立R大學，距離戻橋東彌就讀的O大學很近。這座校園緊鄰JR京都線，東彌的大學則在從車站搭公車三十分鐘左右的地方。

被分配到這項任務的理由之一，或許有很大一部分是因為熟悉當地環境。

「不過兩間大學不管是在名氣或學力上，等級完全不一樣。我讀的大學大概會讓監察官先生那種高級公務員嗤之以鼻。不過，如果是這間R大學的學生，或許還會得到他認可吧。」

「我對這方面不清楚。真的有這麼大的差別待遇嗎？」

「與其說是差別待遇，應該說我讀的本來就是誰都能進去的三流私立大學。」

他環顧周圍，走向A棟穿堂。

校園裡共有A到D四棟大樓，A棟主要是上課用，分為「A棟南」、「A棟中」、「A棟北」三區，各棟之間有走廊連結。

雖然是九層樓的巨大建築，不過學生主要使用的區域只到四樓。五樓、六樓是少數專修的人使用的實習室，更高樓層則是教授的研究室。

「話說回來，該怎麼說呢……」

「不愧是新建築，好乾淨喔～」

「我不是要說這個。」

珠子壓低聲音說。

「為什麼大家都這麼冷靜？」

「什麼意思？」

「這幾個月當中，同一座校園內已經死了三個學生，可是大家都一副事不關己的樣子……」

「因為的確事不關己吧？」

東彌的回應很冷淡。

「像小珠這麼善良的人大概很難相信，可是，他人的死畢竟只是他人的死。相較於從考試解脫的喜悅和對暑假的期待，那只是無關緊要的事情。」

「雖然說是他人，但也是同一所學校的同學吧？」

「這就是決定性的認知差異。」東彌說。「重點不在『因為是同一所學校的人』，而在『只不過是同一所學校的人』。死者和他們只有一項共通點，但仍舊是他人，所以事不關己。如果是同班或是同個社團，或許就不一樣了。」

單就這個想法而論，異常的不是東彌，而是珠子。不是東彌太過冷淡，而是珠子太過善良。

這所大學的學生人數超過三萬人。三萬人相當於地方城鎮的人口規模。

既然如此，就只相當於「同一座鎮上有人死了」。而且如果是地方城鎮，住在同一個地方的人或許還有交流，然而大學內有來自四面八方、各式各樣的人。要求大家產生連帶感、為此心痛，才是強人所難吧。

「在京都的某間大學，有個大學生酒後駕車，撞死了老先生，可是上同一間大學的學生都沒什麼反應。另一所大學有學生侵犯小學生的時候，同大學的學生反應也只是『好可怕喔～』。大阪的女大學生被傳言靠誣告色狼賺和解金的時候也一樣。小珠，妳知道每年有多少人自殺嗎？這所大學和我念的大學，去年應該都有人死掉，可是沒有人記得。事情就是這樣。」

「真的是……這樣嗎？」

「應該就是這樣吧。」

兩人在談話當中，抵達了事件現場。

A棟南四樓，469教室。

這裡就是事件發生的地點。

教室的門上貼了一張公告，上面寫著「本教室暫時禁止進入」。大概不是警察，而是校方禁止的。這是為了等待事件熱度冷卻採取的措施。

最初的事件是在五個月前發生的，現場調查早已結束。

就是因為警察調查之後沒有結果，才會把情報上傳到公安的超能力者處理部門。

「打擾了。」

東彌說完，毫不遲疑地打開門。

他原本以為既然禁止進入，裡面應該沒人，但卻猜錯了。

「你們看不懂公告上的文字嗎？」

室內有兩個男人。

其中看似上司的男人以不耐煩的表情繼續說：

「如果要獻花，拜託放在門外。要來看熱鬧的話，就趕快回去。這裡禁止進入。」

「既然禁止進入，兩位叔叔在這裡也很奇怪吧？」

「我們是警察，所以沒關係。」

「你們難道不懂大學自治嗎？」

「大學自治不代表『治外法權』，而是指『學術自由』」。這兩者的差異，去請法學院的教授說明吧。」

看來這兩人應該是轄區的刑警。他們為了尋找線索，來到不知造訪過多少次的現場進行調查。

……這種場面交給東彌，只會讓事情更複雜。

珠子這麼想，因此制止東彌，上前將名片遞給男人。

「我們是內閣情報調查室的人，希望你們能夠協助。」

「內閣情報調查室？內閣的諜報組織什麼時候開始僱用起大學生了？」

對於警察帶有譏諷意味卻極為合理的言論，珠子維持禮貌的態度回應：

「沒有人聯絡過你們嗎？」

「……聯絡？你們的上司是誰？」

「栦辻未練監察官。」

聽到這個名字，刑警深深嘆一口氣。

「……我原本以為是學生在耍我們，不過看樣子不是。抱歉，有問題就問吧。我欠那傢伙人情，而且不想要違逆警視大人。要調查的話請便，不過應該找不到什麼東西。」

「謝謝。我可以問幾個問題嗎？」

「嗯，儘管問吧。」

男人雖然一副覺得很麻煩的樣子，應對卻很周到。

++

第一個被害人是這所大學的二年級學生，名叫石垣裕二。

死因是衰竭死亡。他是餓死的。

餓死就是指因為營養不良而死亡。在飽食的日本，餓死這種事本身就已經很稀奇。以大前提來說，一個人就算完全不進食，也能存活兩、三天。也就是說，少年是「在衰弱到極點、快要死亡的狀態下來到大學，然後在這裡死亡」。

這種事不管任誰看來都會覺得異常，那絕對不是自然死亡。

最早發現的是同樣念大二的女學生。雖然立刻叫了救護車，但少年已經瀕臨斷氣，體力無法撐到醫院。

最初警方認為是病死。這也是理所當然。畢竟依常識來想，很難想像會有人在衰弱狀態來上學。不過從他過去的病歷來看，並沒有相關疾病。

醫生在驗屍之後，雖然感到不解，仍舊斷定是「衰竭死亡」。醫生認為縱使死者沒有精神科病歷，也可能患有厭食症之類的疾病，因為精神問題而無法攝取營養。這種情況也只能這麼想。

如果只有這起事件，就只是普通的可疑死亡，警方應該也不會留意。現實中的確有罹患精神疾病而難以正常飲食的人，因此醫院的判斷也很妥當。

然而兩個月後……

在同樣的這間教室，又有另一個學生死亡。

第二名被害人叫小堀正，同樣是這所大學的二年級生。

死因和第一名被害人有很大的差異，是墜樓死亡。他是從窗戶跳出去自殺的。姑且不論事實為何，除了「自殺」之外無法做出其他結論。畢竟有其他學生看到他跳下去的樣子，而且目擊者不只一人，有好幾人。

被害的少年無庸置疑是憑自己的意志跳下去的。

如果光看這起事件，就只是偶爾會登上新聞版面的年輕人自殺事件。和國高中生相較，大學生試圖自殺較為罕見，但只是細微的差異。

然而，這個地點在兩個月前曾經有人死去。

同一間教室，在幾個月當中有兩名學生死亡。

這是明顯異常的情況。如果有人無法從中感受到刻意的做為，不僅是遲鈍，甚至會讓人懷疑有沒有在思考。警察也感到奇怪，認定這起自殺事件與前述事件有某種關聯而展開調查。

結果卻一無所獲。

首先，他和第一個被害人石垣裕二沒有任何關聯，既不是朋友，也不在同一個社團或研究室，甚至連出生地都不一樣。雖然履歷上兩人曾上過同一堂課，但那是在大教室授課的通識科目，兩人不太可能有機會交談。

不僅如此，他也沒有自殺的理由。

不論如何打聽，都沒有人知道這名少年有任何煩惱。「沒想到他竟然會死」這句話是報導中常聽到的感想，不過大多數情況，說話者只是沒有發覺到死者的痛苦而已。

然而，這次真的沒有任何人知道有可能成為動機的自殺理由。

他並沒有受到雙親虐待，也沒有失戀或遭到朋友惡劣霸凌，成績還算優秀，沒有金錢問題，也還不到為求職苦惱的時候。

雖然說人心很難猜測，但如此找不到理由的自殺也很罕見。只因為有目擊情報，才研判他是憑自己的意志跳樓。到頭來，就連選擇這間教室的理由也不明。或許哪裡都可以，但是為什麼選在這裡？學生之間甚至開始流傳「這間教室受到詛咒」。

當然沒有警察會相信這種靈異說法，然而事情的發展卻讓人無法不這麼相信。

第三名被害人出現了。

第三名被害人是大三男生，名叫西野元。

事情發生在僅僅一個半月前。當時原本引起騷動的自殺案已經被大多數學生遺忘，而且因為沒有凶殺嫌疑，被鎖起來的469教室也開始恢復使用。

同一地點又有人死亡。

而且這次的死因是被打死，明顯是他殺。

死者雖然有衰竭症狀，但直接死因是腦挫傷。是因為頭部遭到強烈打擊而喪命，全身也有被毆打的痕跡。從傷痕形狀推測，凶器應該是手和腳。也就是說，他是被毆打致死。

然而第三人的死亡也有可疑之處，就是死者身上完全沒有防禦性傷痕。

假設眼前有個拿刀的男人，快要被刺到的被害人應該會用手保護頭部或腹部，也有可能會與犯人纏鬥。這種時候產生的傷痕，就稱作「防禦性傷痕」。

死者身上完全沒有這類傷痕，意味著遇害的少年面對犯人時，毫無抵抗地任憑對方拳打腳踢，終至喪命。

但死者身上既沒有被綁住的痕跡，也沒有因為藥物而處於昏睡狀態。他也不是出其不意被殺害，或是死後被凌虐。即使有衰弱症狀，也不可能發生這種事吧？

＋＋

「根本就是異常事件。」

男警用粗暴的口吻說。

珠子也覺得「異常」這個詞很貼切。

未練想必也是如此。他看到這三個事件，感受到明顯「異常」，為了判斷是否屬於「特異功能」這種超乎想像的異常現象，才派兩人到這裡。

男警說：「我不喜歡推理小說。書中往往會出現臨時想到卻太過巧妙的虛構不在場證明，或是奇奇怪怪的暗號，根本沒有真實感。現實中的殺人事件幾乎都是突然發生的，就是所謂的『一時衝動』。不過這次的事件讓我覺得，早知道還是多讀點推理小說。如果知道現實中不可能出現的圈套，或許就會發現到某些線索了。」

他的獨白顯示出身為刑警的驕傲與無力感，但如果這起事件是憑藉特異功能這種圈套而成立的，那麼他無法看穿真相也是沒辦法。

超能力是超越一般常識與法則的力量。想要憑藉正常的搜查得到真相，基本上就是緣木求魚。

要解決與超能力有關的事件，需要的反而是直覺與運氣。

講到這方面的才能，珠子知道某個無人能比的人物。

「接下來該怎麼辦呢……戻橋？」

「妳說怎麼辦是什麼意思？」

「我是指今後的調查方針。」

「不知道。」

「不知道？你……」

珠子想要質問他到底有沒有打算要認真思考，但這時刑警對她說：

「你們從我們的話中得到什麼線索了嗎？應該沒有超出調查資料上面的內容吧？」

「這、這個，嗯……」

「那我們已經沒事了吧？我們要回去了。我可不想被捲入情侶吵架。」

刑警擺出一副「受不了」的態度離開教室，他的下屬也跟著離開。

不久之後，東彌低聲說：「刑警先生應該也明白吧。」

「明白？」

「嗯。他們大概覺得在警方徹底調查過之後，身為外行人的我們到這裡探聽消息，也不可能找出任何線索。」

「你剛剛不是還很積極，怎麼突然變得這麼悲觀！那我們為什麼要潛入校園調查？」

「當然是為了……」

「什麼？」

「唉，算了。我們先來觀察現場吧。百聞不如一見，不是嗎？」

珠子聽從他的建議，在教室內尋找有沒有什麼線索。

這間教室很普通，如同每一所大學都有的那種教室。正前方是白板和講台，學生座位用的桌子則面向講台排列。珠子打開窗戶俯瞰底下。跳樓的第二個被害人似乎人緣不錯，經過幾個月後仍然有人獻花。

……感覺好討厭。

她內心喃喃自語。並不只是因為有人死亡，而是周圍的人對這個事實的漠不關心讓她感到異樣與厭惡。珠子想像的「死亡」應該更嚴肅，不是如此輕易被時間沖淡消失的東西。

「怎麼了，小珠？妳好像心情很差。」

「沒什麼……對了，你找到什麼線索了嗎？」

「什麼都沒有。」

東彌毫不在意地這麼回答，珠子不禁嘆了一口氣。

「不過我大概推理到一個可能性。」

「真的嗎？」

「嗯，沒什麼大不了的，我們邊走邊談吧。」

珠子隨著東彌走出教室。

東彌發覺到的是關於第二名被害人的事。他的死因是墜樓死亡，並且有許多人看到他自己跳下去，不過東彌主張這項事實並不等同於自殺。

「你的意思是，目擊者是受到超能力影響，看到不同的景象嗎？」

「不是那麼誇張的情況。看到他跳樓的目擊者，應該都是從窗戶底下有人獻花的那一帶，或是其他教室看見的吧？」

「是的。調查資料上應該是這樣寫的，那些刑警也這麼說。」

「這樣不就沒有人看到那間教室裡嗎？」

「咦？」

「也就是說，周圍人看到的，是被害人把腳跨在窗框上的身影，不是整間教室吧？那麼，即使有人在講台上拿著槍，也沒有人看到。」

犯人從某種管道拿到槍，叫出被害人，命令他站在窗邊並對他說：「從這裡跳下去，要不然我就用這把槍殺死你。」被槍口指著就沒有選擇的餘地，即使知道會死，但是總比被槍射死好。被害人應該會賭上僅有的希望跳下去吧。

這種情況需要目擊者的存在。如果沒有人看到，就沒有人能夠作證「他是自己跳樓的」，無法被認定為自殺，那麼事前的安排也白費了。墜樓事件的目擊者當中，大概有一人是犯人的爪牙，不著痕跡地將周遭視線引導到少年跳樓的窗戶。

「凶器未必是槍，也可能是一眼就看得出危險的超能力。」

「原來如此……」

「不，一定是超能力。」

東彌如此斷言。警察也不是無能之輩，應該會考慮到這樣的可能性，調查過有沒有祕密買賣槍枝行為。就是因為沒有相關情報，調查才會陷入瓶頸。

這樣看來，應該是一般調查無法得知的凶器才對。

沒錯，就像超能力。

「戻橋，你認為這是超能力者所為嗎？」

「應該是吧。」

「為什麼？」

「嗯？因為監察官先生這麼認為。」

「拜託你認真動腦……」

兩人的對話是在潛入暑期特別講座中，漫不經心地聽著現代青少年心理相關報告時進行的。

在聽眾稀疏的大教室後方，東彌小聲回應：

「我很認真。這起事件對監察官先生來說，是測試我們力量的考試。既然如此，就一定要跟異能有關，否則就沒辦法測試實力了。」

「也就是說，他很確信犯人是超能力者？」

「嗯。只是不知道監察官先生是憑事件調查資料來判斷，或是掌握到其他情報。」

東彌這麼說。一個小時之後，珠子才發現他不見了。

她是在特別講座結束、巡視各間教室後，前往辦公室想要尋找知情的職員時才發現的。

「……那傢伙！」

她實在是太傻了，才會以為他會乖乖聽話。

珠子已經不再生氣或驚訝，只是接受了現實。

就如這起事件，戻橋東彌也不能用一般常識理解。

++

在人影稀疏的校園內，東彌來回走在穿堂和走廊之間。

從四樓到五樓、從五樓到六樓，他原本以為可以找到一些線索，因此刻意走樓梯，卻完全沒有收穫。回程他決定乖乖搭電梯。

他並沒有前往七樓以上的樓層。高樓層主要是研究室，沒有學生證或職員證的外人無法進入。東彌從未練那裡得到偽造證件，因此要進入是沒有問題，但是研究樓層原本學生就不多，再加上現在是暑假，一定會引起注目。

犯人應該還沒有發現到他們的行動。東彌想要盡可能不引起注意地行動。他想要以一名學生的身分，感受大學的氛圍——就像受害的那些少年一樣。

就如未練所說的，在這個階段如果發生什麼事，便能知道情報從某處洩漏，光是這樣也有用。東彌把這次的潛入調查看作比較像是誘敵的幌子，而非調查。

當他來到二樓、在走廊上的椅子坐下的時候，一名少女向他搭話。

「這位小哥。」

「我？」

「沒錯，就是你。你對算命有沒有興趣？」

「也不能說沒興趣……」

東彌邊回答邊走到少女面前。雖然他對算命沒興趣，但是對這名少女有興趣。或者該說是感到異樣，甚至是覺得有趣。現在並不是學園祭期間，她卻在校園內算命，讓東彌感到很不自然。

這名少女披著長袍，看起來就像算命師。不對，她既然談起算命，應該是實際上沉浸於這類靈異學說，或者是以此為業的人。她的頭髮顏色很淺，不過東彌無從判斷那是天生的還是最近流行的髮色。

「妳要替我算什麼？」

「我來算你這個人吧。可以把手伸出來嗎？」

「好啊。」

東彌伸出手。

少女觀察東彌的右手好一陣子，然後平靜地說：

「我知道你是什麼樣的人了。」

「哦？妳知道什麼？」

「你渴望獲得讚賞，又有些自我批判的傾向。你有非常獨特的想法，也有罕見的才能。還有……你最近身體出了狀況。」

她說得很準。

可以說幾乎全說中了。

然而，沒有絲毫意義。

「我認識一個很聰明的人，名叫真由美。真由美對人類心理和思考懂很多，告訴過我各種知識。」

「那又怎麼樣？」

「也就是說，妳剛剛說的那些……只是巴納姆效應吧？」

巴納姆效應是心理學用語之一。

即使是符合任何人的內容，只要說明為「這是你的個性」、「這是分析結果」，聽者就會相信對方正確說中自己的情況。這就是巴納姆效應。

「渴望獲得讚賞，可是又有些自我批判的傾向」這種特徵，的確符合戻橋東彌的個性，但是仔細想想，每個人都渴望獲得他人認可，而且很少有人會完全肯定自己的言行，因此不論是誰都有自我否定的一面。

「最近身體出了狀況」的說法更是最典型的例子。她沒有提及「最近」是什麼時候，也沒有具體說明「是哪裡出狀況」。「最近」這個詞的定義非常籠統。三天前頭痛，或是一年前動了盲腸手術，都可以稱作「最近身體出了狀況」。

正因為已經相信對方說中自己的狀況，才會依照對方意圖，自行解釋「最近」和「身體出了狀況」。

「原來你知道。」

「我也喜歡這種東西。」

穿長袍的少女不知是如何解釋東彌的笑容，繼續說：

「那麼就稍微改變主題……你不擅長運動吧？這一點應該會有符合和不符合的人，而你正是符合的人。」

「這叫『冷讀術』。只要是懂得觀察的人，就會立刻猜到我沒有體力。」

畢竟東彌剛剛氣喘吁吁地走出電梯。

這裡是室內，因此不太可能是劇烈運動造成的。也就是說，由此可以得知東彌是那種光是做日常動作（譬如抬起重物、上下階梯）就會喘不過氣的人，十之八九不擅長運動。

像這種憑觀察說中對方特徵的手法，稱作「冷讀術（cold reading）」。大多數的算命內容都可以憑這項技術與剛剛的巴納姆效應說明。

「你說得沒錯，不過還有其他理由。你的體格並不像從事運動的人。」

「妳光看外表就能猜到這種事嗎？」

「是的，大概可以猜到。看到你的手掌之後，我更是確信。」

「對了，小珠好像說過『練武術的人和沒有練的人，手掌的肌肉不一樣』。」

「那位小珠應該是你很重要的人吧，東彌？」

「我說過，這種——」

他正想說別再提了，但突然停下來。

……少女為什麼知道他的名字？

只有這一點，無法憑巴納姆效應或冷讀術說明。

雖然不知道對方是誰，不過有一點可以確定。

眼前的少女並不是模仿算命師隨便叫住任何人，而是鎖定戻橋東彌叫住他。

「姊姊，妳是誰？」

「關於我是誰這個問題，今天就暫且別提。我想問你，要不要跟我賭賭看？」

「賭？」

「沒錯。如果你贏了，我可以提供對你有用的情報。」

「……就算妳所謂的情報真的有用，我也不可能會相信明明不認識卻不知為何知道我名字的人提供的消息吧？一般來說，應該會覺得很詭異才對。」

「是的。不過你並不是普通人，而且應該很喜歡這種刺激。不然的話，你在被陌生人叫住的時候，應該會提高警戒。不，你的確有提高警戒，卻仍以興趣優先……你一定會接受挑戰。」

因為你是賭徒──少女以自認了解的態度笑著說。

這句話也說中了。

＋＋

……那傢伙到底在想什麼！

珠子毫不隱藏憤怒地走在走廊上。

連續發生的事件與異能者有關，而凶手很可能是這所大學的相關人士。被害人是大學生，再加上事件一再發生於這座校園，因此凶手應該是熟悉這個環境的人。

恐怕是這裡的學生或是教職員。

這名凶手今天也很有可能在校園內。

想到這裡，就應該知道單獨行動很危險，可是東彌一句話都沒說就不知去向，實在是太沒常識了。他或許推測「對方不會在有人看到的地方下手」而採取行動，但是先前的三起事件都發生在白天的校園內，沒辦法保證只要周圍有人就不會有事。

珠子打了電話，但東彌沒有接。

她一面傳送簡訊要求東彌聯絡，一面想起之前和刑警間的對話。

『有沒有什麼線索？』

『可以說有，也可以說沒有。』

『你好像話中有話……』

『那當然。』刑警說。『我只是憑直覺猜測有一個人很可疑，但是沒有證據，也沒有動機，只是我覺得可疑而已。總不能憑這麼模糊的根據展開調查吧？』

他雖然說得理所當然，但珠子覺得能夠不輕信經驗與直覺，對警察來說是很難得的資質。進行調查的人如果懷有偏見或成見，就會成為冤案的種子。雖然警察的工作就是懷疑人，但是不應該認定他人是罪犯而行動。

刑警在說明這樣的前提之後，才說出該名人物的名字

鳥邊野弦一郎。

『他是人類科學研究系的副教授，外表很引人矚目，所以應該立刻就能認出來。而且他的異常度也很明顯，如果那傢伙是犯人，以推理小說來說可是不及格。像那麼可疑的傢伙也很少見，你們不妨去見見他。』

他們得到刑警的建議之後，還沒有去見這個人物。

如果這位副教授真的是犯人，獨自去見他並非上策。

然而和東彌一同前往，也稱不上是良策。

那名少年也屬於異端。只要是觀察敏銳的人，勢必會立刻察覺到「這傢伙有點問題」予以警戒。

珠子在苦思之後，決定隱瞞身分去找對方談談。那位副教授總不會記住所有學生的臉孔吧？所幸珠子此刻的打扮看起來很像大學生。以一名學生的身分去找副教授，應該不會不自然。

根據刑警的說法，這名副教授先前在四樓的另一間教室。如果不在那裡，應該就在研究室。

珠子前往「Ａ棟北」，敲了敲刑警告知的４２９教室的門。

「請進～」

門內的人回應，不過聲音明顯是年輕女性。該不會是研究生在裡面？珠子邊推測邊走進教室內。

教室裡有三個人。

首先看到的是在白板上塗鴉的兩人。剛才回應的應該是其中的女生。她的長髮從大約中段的地方染成褐色，綁成顏色獨特的雙馬尾髮型，另一個男生也有同樣漸層的挑染。

等等，仔細一看，這兩人長得一模一樣，該不會是雙胞胎？

「妳找老師有事嗎？」

「那我們最好離開吧？」

雙胞胎不等珠子開口，轉眼就離開教室。

室內留下珠子和那名男人。

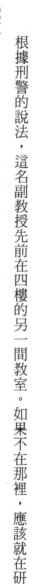

＋＋

穿長袍的少女從腳邊的公事包取出撲克牌，然後問：「你有沒有喜歡的花色？」東彌回答「紅心吧」，她便抽出所有紅心的牌，並且加上鬼牌。

「遊戲名稱是『ＩＱ撲克』。這是用同一種花色十三張牌和鬼牌進行的撲克遊戲。」

「這是什麼樣的遊戲？我打算先聽規則，再決定要不要賭。」

「好的，這是很聰明的做法。」

ＩＱ撲克是用一張牌進行的撲克遊戲。

首先決定先攻後攻。兩名玩家各得到三張牌，然後進行三輪勝負。

不過，這種遊戲是以一張牌決定勝負。要從僅僅三張牌當中，選出能夠贏過對手的數字。手中的牌不會補充，也不能換牌。最弱的是2，但是2能夠打倒最強的鬼牌。此外，出鬼牌敗北的玩家當場就算輸掉比賽。

這個ＩＱ撲克遊戲還有另一項重要規則。

「決定勝負的時候，先攻者可以提出一個問題。後攻者必須回答這個問題，不過可以說謊。」

「什麼樣的問題都可以嗎？」

「不行，問題是固定的。」

第一個問題是：「你手中有鬼牌嗎？」

第二個問題是：「你出的牌是奇數嗎？」

第三個問題是：「你出的牌是花牌(註5)嗎？」

先攻者在後攻者蓋上手中的牌之後，從這三個問題當中選擇一個詢問對方。後攻者對於先攻者的問題，要以「是」或「不是」回答。

問過一次的問題，無法再度詢問。回答問題之後不能換牌。此外，第三輪勝負不問問題，因為雙方都只剩下一張牌，不論哪一方說什麼，都無法進行攻防。

「你有沒有玩過兩個人的大老二？」

「我應該沒玩過那麼寂寞的遊戲。」

「很好玩喔。兩個人玩，就等於自己沒有的牌一定在對方手中，可以知道對方手中所有的牌，變成和平常完全不一樣的遊戲。」

◆註5：在此指的花牌包含K、Q、J與鬼牌。

根據她的說法，這個遊戲也一樣。

使用的牌有十四張。其中三張在自己手中，因此對方手中的牌是自己所沒有的十一張當中的三張。範圍已經縮到這麼小，又可以問問題來推測對方手中的牌。

用一個問題掌握關鍵，以一張牌進行，測試智力的撲克遊戲。

這就是ＩＱ撲克。

「怎麼樣？你要接受挑戰嗎？」

「先讓我確認兩件事。」

「請說。」

「先攻後攻要怎麼決定？」

少女說：

「先攻的權利讓給你，畢竟我比較熟悉這個遊戲。」

「是嗎？那就謝啦。還有一件事是關於洗牌。」

「使用的牌會互相洗牌。兩人輪流一次抽一張，抽完之後就沒有必要去碰牌堆，所以一旦碰到就算犯規輸了。」

「……我知道了。這個遊戲好像很好玩。」

「是的。那就開始吧。」

戻橋東彌開始思考。

這個遊戲的關鍵，以及更高層次的問題。

IQ撲克——

以一張牌進行、沒有加注或棄牌等攻防的撲克遊戲，乍看之下似乎全憑運氣。事實上，雖然機率很低，不過要是拿到2、3、4，就幾乎肯定會輸；相反地，如果拿到Q、K、鬼牌就會贏，因此能不能一較高下確實要看運氣。

如果自己拿到2、對方拿到鬼牌，或許還有些勝算。因為「以鬼牌敗北的玩家就輸了」，因此只要能夠拿自己的2對上對方的鬼牌，就有可能逆轉勝。

真正最糟糕的是自己拿到3、4、5，而對方拿到Q、K、鬼牌的情況。這樣的模式就毫無勝算。畢竟和一般撲克遊戲不同，不能靠心理戰占上風，逼對方退出。

拿到三張牌之後，戻橋東彌鬆一口氣。他拿到的是8、K、10，姑且迴避了「束手無策只能認輸」的最糟糕情況。

「我要出這張牌。接著輪到你了。」

「我可以想一下嗎？」

「沒關係。」

這個ＩＱ撲克遊戲有一點很明確，那就是除非完全被命運女神拋棄，否則以先攻較為有利。

理由是「先攻可以看對方的反應改變要出的牌」這條規則。

遊戲的流程如下：首先「後攻者出一張牌，牌面向下」，接著「先攻者提出問題，後攻者回答」，然後「先攻者出一張牌，牌面向下」，最後「雙方彼此亮牌，決定勝負」。

後攻者無法改變自己出的牌，先攻者卻能夠看對方回答問題的反應，決定要出什麼牌。

也就是說，這個ＩＱ撲克遊戲是先攻者絕對有利的遊戲。

反過來想，東彌先攻的第一戰一定要贏。

以這次的情況來看，東彌手中的牌是８、Ｋ、10，少女手中的牌如果是Ｊ、Ｑ、鬼牌，東彌就沒有勝算。另一方面，少女手中最大的牌如果是９，她就只能贏東彌手中的８，因此東彌不可能會輸。

如果要正確計算這些機率，姑且不論ＩＱ，但確實是需要數學能力的遊戲。

不過東彌要思考的不是這種問題。

這種程度的問題，他在聽到規則說明的階段就已經理解了。

問題在更高層次的地方。

「……滿困難的……」

「從三張牌當中選出一張，有那麼困難嗎？」

「不是這個問題。」

沒錯，戻橋東彌此刻最應該思考的問題，是「眼前的少女究竟對他了解多少」。

東彌擁有超能力，具有「操縱對自己說謊的人」的異能，以及應用這項能力「看穿對手謊言」的力量。在他面前，不容許任何謊言。

這個ＩＱ撲克遊戲有「提問」的階段，後攻者對於先攻者的提問，必須回答「是」或「不是」。雖然依照規定可以說謊，不過對上東彌，這樣的規則沒有意義。他可以看穿所有謊言。不僅如此，在對方說謊的瞬間，他就可以操縱對方的身體，讓她觸碰剩餘的牌，強制導致她犯規。

沒錯，就像他當時對一之井貫太郎所做的。

……可是，如果對方知道他的能力呢？

如果對方知道「戻橋東彌是能夠操縱說謊者的超能力者」，那麼，挑這種遊戲來賭就很奇怪。或者，如果她連「戻橋東彌無法說謊」的代價都知道，那麼「ＩＱ撲克」的遊戲規則就會崩壞。東彌能夠操縱說謊的對手，因此對手無法說謊，但是東彌也因為能力的代價而無法說謊。

如果彼此都說實話，就無法唬弄對手，「提問」會變得幾乎沒有意義。

……雖然有點晚，不過東彌總算理解一之井的心情了。

即使知道了也不會改變什麼，不過想到一之井的心情被攪亂到這種地步，就會產生些許同情心。雖然只有一點點而已。

ＩＱ撲克。

深思過後，年輕的賭徒選了提問的問題——

＋＋

男人停下操作電腦的手。

這是一名白髮男子。年紀雖然大概才三十出頭，不知為何頭髮卻變得全白。他的相貌端正，但完全看不出在想什麼。

……果然就像刑警所說的，外表很引人注目。

另外，還有一項評語也說中了。

這傢伙——很異常。

「那個，教授……」

「呵呵呵。」

他毫不隱藏超乎常軌的氣息，發出笑聲。

白色長袖襯衫以及白袍姿態的大學教授裝扮，反而增強他危險的印象。他不像一名教授。珠子雖然完全不認識這個男人，卻知道這一點。

這個男人有問題。

「看妳這樣子，應該沒上過我的課吧？我應該說過很多次，『發言前一定要報上名字』。」

「很抱歉，失禮了，我叫雙岡珠子。」

對方是副教授。珠子徹底扮演學生角色，擺出低姿態。

「呵呵呵。」

烏邊野弦一郎敲打著鍵盤，再度笑了。

「真是駑鈍。」

「……什麼？」

「我說，妳實在是愚蠢到無可救藥……」

——再怎麼說也太無禮了。

這就是珠子的感想。

不管他是副教授還是什麼，難道大學教師都這麼沒有禮貌嗎？他完全不看珠子一眼，竟然還出口罵人。或許她真的不夠聰明，但是僅憑剛剛的對話，他究竟能懂什麼？

然而下一瞬間，珠子就無法繼續抱持這樣的疑問。

因為烏邊野弦一郎掌握到的是事實。

「而且情緒會立刻表現在臉上，不適合偽裝身分。」

「唔……」

珠子原本想問「你怎麼知道這種事」，但臨時閉上嘴巴。如果說出這種話，等於是承認「自己假扮成大學生」。在短短的對話當中，他不可能會知道什麼，或許只是想要釣出答案而已，老實表現出驚訝才是笨蛋。

她努力恢復平靜詢問：「你在說什麼？」

戻橋東彌不在場。她可以說謊。

「妳好像稍微有些機伶，不過也僅止於此……沒有看到關鍵的地方。」

「我可不想被完全不看我一眼的人這麼說。」

「這點明明也是發現答案的線索……真愚蠢。」

他闔上筆記型電腦，繼續說道：

「只要仔細檢視每一項情報就行了。我是這所大學的教師，妳報上了名字。我的手邊有什麼？」

沒錯，很簡單。

珠子報上名字的瞬間，弦一郎就以「雙岡珠子」的名字進行搜尋。

雖說個人資訊受到保護，但是教職員為了計算出席分數、決定要不要當掉學生，都有上課學生的名單。名字不在這份名單上，就表示「這個人沒有修這堂課」。

至於「是不是這所大學的學生」……

「教職員不會得知所有學生的姓名，校方也會考慮到情報洩漏的危險。不過不論是高中還是大學，學生名單這種程度的情報，依舊有管道流出。不需要動用到駭客，有很多人為了賺點小錢，就會把同學的名字出賣給名冊業者。」

「怎麼可能……」

「像我這樣的人，更容易得到這方面的資訊，因為我可以用社會調查的名義來要求。不論如何，沒有名叫『雙岡珠子』的人在學的紀錄。」

他又補充，連姓雙岡的人都沒有。

「呵呵呵，解謎到此為止吧。妳找我有什麼事？到這個地步，不要用『我是提早來參觀大學校園的高中生』這種蠢理由喔。」

珠子苦心想到的藉口，也被對方搶先一步破解。

看來這個男人確實很聰明，至少比珠子高出一籌。既然如此，耍花招就是下策，還是老實告知自己的想法，比較可能會有進展。

「……很抱歉，您是鳥邊野弦一郎副教授沒錯吧？」

「失敬。我要妳報上名字，卻沒有說出自己的名字。沒錯，我是鳥邊野弦一郎。」

「我是隸屬於內閣情報調查室的人。因為某種理由，在協助調查469教室發生的連續可疑死亡事件。」

「哦，內閣情報調查室啊……真是奇特。」

「對於試圖隱瞞身分一事，我在此道歉。雖然很失禮，但還是想要請教您，有關校園內發生的可疑死亡事件，您有沒有任何線索呢？」

既然腦袋運轉的速度比對方慢，笨拙地要花招反而不利。

珠子這麼想，因此說出部分事實。

她並不期待對方老實回答，只是為了觀察反應而問。

然而，她卻得到出乎意料的回答。

「原來是那個啊。妳的直覺是正確的。」

「咦？」

弦一郎再度發出「呵呵呵」的笑聲。

＋＋

過了一分鐘左右，東彌提出一個問題。

「我決定了。我的提問是：『妳出的牌是花牌嗎？』」

從結論來說，東彌放棄思考。他決定停止去想。

對方是否知道自己的能力、對方有沒有特殊能力……這些事情即使想了也沒用。既然是沒辦法得到答案的問題，還不如不要去想。他明快地做出決定，選擇接受挑戰。

一之井貫太郎和戻橋東彌同樣是賭徒，卻屬於不同類型。

前者是為了保命而反覆思考的類型。

相對地，後者則是能夠拋棄性命、衝入險境的類型。

「好的。這個問題就可以了嗎？」

「嗯。」

然而放棄思考並不代表沒有做出結論。

就是因為得到一定的結論，才決定不去懷疑。

沒有勝算的挑戰，只是通往敗北的倒數計時而已。

「我的回答為『不是』。」

少女沒有說謊。

……那麼這是可以贏的一局。

東彌這麼想，然後出牌。

兩張牌翻開。

少女出的是4，東彌出的是10。東彌贏了。

「算命師小姐，妳的運氣真差，4是很弱的牌吧？」

「那也未必。」

「……哦？」

「看來你很聰明，東彌。你找到最佳的解答。當你手中有10，詢問『妳出的是花牌嗎？』然後出10，是最佳選擇之一。光是得知你的聰明程度，就算有所收穫了。」

若以雙方都無法說謊為前提，對於「妳出的牌是花牌嗎？」這個問題，如果對方回答「是」，那麼這時候有鬼牌就該出鬼牌。

自己手中有鬼牌，而對方出的牌確定是花牌，不僅不會因為遇到2而輸掉，還能消除對方手中一張強大的花牌。

如果沒有鬼牌，而有K或Q，雖然也要看手中的其他牌，不過最好出最弱的牌。既然自己沒有鬼牌，那麼應該在對方手中或剩餘的牌當中。如果出K之後輸給鬼牌，那就太淒慘了。

如果對方回答「不是」，那麼，如果自己手中有10，就一定要出10。對方出的不是花牌，代表是10以下的牌，既然10在自己手中，對方出的牌一定是9以下。

也就是說，在這個情況下，只要出10一定能贏。

「妳只要能知道我腦筋很好，就算輸了也沒關係？」

「是的。ＩＱ撲克本來就是測試智力的遊戲。我原本就不是為了贏而提出挑戰。」

少女用一副理所當然的口吻說。

這句話不是謊言。

第二回合東彌輸了，第三回合則贏了。

雖然整體來看是東彌獲得最終勝利，他卻感到無法釋懷，或許是因為發現到少女根本不打算贏。

「算命師小姐，妳到底想要做什麼？」

「我只是想要和你說話，戻橋東彌。」

「……哦，這樣啊。」

東彌很在意少女的真實身分及用意。

然而他沒有問出這些資訊的手段。

「能夠操縱說謊的對象」，當然就意味著「如果對方不說謊就無法操縱」。少女不知是否知道這一點，完全沒有說謊。

東彌很想提議「以妳的真實身分為賭注來比一場」，然而東彌沒有可以提供的賭注。更重要的是，他也很在意珠子的情況。差不多應該要跟她會合了，

他檢視手機，看到有三次來電。簡訊上簡短地寫著「馬上聯絡」。

東彌一面期待珠子會對他說什麼，一面說道：

「算命師小姐，幸好妳的對手是我。如果不是我，或許會不惜訴諸暴力也要讓妳說出實話。」

「在光天化日之下的大學校園內嗎？」

「會做的人就會做。所以我才討厭暴力。」

追根究柢，東彌之所以輕易放棄有別的理由。

栁辻未練說過，即使他們被幕後黑手攻擊也沒關係。如果東彌和珠子被攻擊，就可以確定這起事件背後另有內情。雖然不知道是什麼，但光是這樣就已經是十足的收穫。

遇見這名少女也是同樣的道理。

對方知道戻橋東彌這個人（或者至少知道他的名字），並且與他接觸。

光憑這樣的事實，就可得知這起事件另有內情。

接下來只要和未練討論，推測「知道東彌的名字，又以這種方式搭訕的人可能會是誰」就行了。

除非她是栁辻未練本人派來的——也就是公安方面的考官。

「對了，妳認識栁辻未練這個人嗎？」

「他是你很重要的人吧？」

「這個哏已經夠了。」

＋＋

兩人會合的時候已是傍晚時分，全新的學校大樓被夕陽染紅，學生幾乎都離開了校園。白天的喧囂彷彿虛幻一般，現在只看得到打掃教室的清潔員身影。教職員當然也都離開了，畢竟他們有自己的研究室，沒有理由繼續留在一般教室。

東彌坐在一樓的長椅，一看到從樓梯走下來的珠子，就好像什麼事都沒發生過，舉起手打招呼：「嗨，小珠。」珠子看到他這副德性，嘆了一口氣。她原本想要斥責東彌擅自單獨行動，現在卻失去了鬥志。

最重要的是，她感到很疲倦。她決定留待日後再告誡東彌，今天只交換必要的情報。

「請你不要擅自行動。有什麼收穫嗎？」

珠子稍微叮嚀之後詢問，東彌回答：「我遇到很奇怪的女生。」

根據東彌的說法，他遇到披長袍的少女，向他提出奇妙的賭博遊戲，而且對方還知道「戻橋東彌」這個名字。東彌並不是R大學的學生，很難想像對方只是剛好知道他的名字。

東彌已經聯絡過未練。未練似乎很忙，只回答「我會調查」。

「那個女生該不會就是犯人吧？」

「我也不知道。搞不好只是監察官先生不知情，其實是內閣情報調查室或公安的其他長官派來的刺客。」

那句「我會調查」，大概也包含這樣的情況。戻橋東彌、雙岡珠子兩人如果犯下錯誤，責任就會落在椥辻未練身上。這件事很有可能是為了逼他下台的計謀，亦即內部權力鬥爭的結果。

「事情變得麻煩了……」

珠子喃喃說道。看來這世界並不是以「正義對邪惡」這種簡單明瞭的模式在運轉。每一個陣營都以正義自居，而在同一個正義陣營當中，又有好幾個派系彼此鬥爭。

「本來就是這樣吧？政治是最好的例子。這幾年來執政黨勢力很大，就會被批評為一黨獨裁，可是執政黨和內閣也不是對首相唯唯諾諾，而且應該有很多人想要當接班人。」

「沒想到你也會談論社會議題。」

「老實說，我對社會議題和政治議題一竅不通，不過大學的情況也一樣，所以我才會忽然想到。」

「大學也一樣？」

「誰當校長、誰當系主任這種事就是政治。我們老師也在抱怨，換了校長以後就遭到冷淡對待。」

他們穿過A棟的門來到外面，直接走向正門。

學生人數變少之後，他們就無法混入人群當中。珠子原本已經有被學校職員叫住的心理準備，卻白擔心了。即使有一、兩張陌生臉孔，也沒有人會在意。大學就是這樣的地方。

「基本上，這座校園也很奇怪。」

「是嗎？我覺得這裡的建築很漂亮。」

「因為是新蓋的。」

東彌以熟練的態度對擦身而過的警衛打招呼，然後繼續說：

「R大學的校園光是在關西就有四個。兩個在京都，一個在滋賀，卻又特地在大阪設置一個。我猜大概是為了爭取大阪一帶的私立學生。畢竟在阪急線沿線有好幾所大學。」

如果能夠集結到更多人，學生之間的化學反應或許能夠產生更傑出的研究成果，學生或許也能夠得到更多成長。這是從學術機構的角度來看的益處。

另一方面，在少子化導致學校難以穩定經營的時代，招募學生是非常急迫的要務。擁有多處校園，就能拉攏各地「分數差不多落在這個範圍」的高中生，更能削弱其他學校的力量。這是從企業、學校法人的角度來看的益處。

「真是現實的問題……」

「與其把錢花在招募學生，不如投資既有設備、提高教職員薪水，讓他們能夠提升研究內容，或是用在目前就學的學生身上……這是我認識的人的說法。」

話說回來——東彌停頓一下，然後問：

「小珠，妳有得到什麼收穫嗎？」

「我遇見暗示自己犯案的怪人。」

「哦，竟然有人說出這麼奇怪的話。你們談了什麼？」

東彌剩下的一隻眼睛閃爍著好奇的光芒。珠子回答：

「沒談什麼重要的事。他只是故弄玄虛而已。」

✢✢

妳認為「殺人」是什麼樣的現象？

我並不是要藉由詭辯來推卸責任，相反地，我要談的是對於某件事應該要負什麼樣的責任。

姑且先定義「殺人」是指造成他人死亡。譬如刺死惹火自己的鄰居、開車撞死上學途中的兒童，手段雖然各式各樣，但只要是直接造成危害而導致他人死亡，應該都可以稱為「殺人」。即使沒有殺人意圖也一樣。車禍等適用的「過失致死罪」就如名稱所示，是「因為過失導致他人死亡的罪行」。

依循這個脈絡來思考，就會產生這樣的問題：「如果不是直接導致他人死亡，是否能夠稱為『殺人』？」

如果有人因為遭到霸凌而自殺，加害者算不算是殺了人？無視勞動基準法、違法讓員工一直在惡劣職場工作的情況也一樣，要是「把人逼到自殺」，的確是「導致他人死亡」，但是並沒有直接下手。對於這些案例，有人會怒聲指責「這是殺人」，但也有人認為「雖然惡劣但不算殺人」，有些當事人甚至會大言不慚地問：「有什麼不對？」

換一個稍微不一樣的例子吧。

據說某個知名殺手被問到有沒有罪惡感的時候，一定會回答：「該有罪惡感的是委託人。如果沒有委託，我也不會殺人。」

也許有人會反駁：「可是如果沒有你，就不會發生殺人事件。」這個說法有一半是正確的，另一半卻完全偏離重點。這個殺手的意見其實就等於主張：「槍擊事件發生時，槍枝製造業者難道應該被問罪嗎？」雖然因為例子有些極端，變得比較難以理解，不過只要想想，假設發生一起凶器是菜刀的隨機殺人事件，只有極少數人會認為需要管制菜刀，就不難理解了。正確的一半，是因為「槍枝是以殺人為目的的工具，但菜刀則否。類似前者的物品存在，會降低殺人的門檻」；偏離重點的一半，則是因為「不論採取什麼手段，要是沒有惡意或殺人意圖，就不可能發生殺人事件」。

如果抽掉導致他人死亡的要素，只著重於當事人的意識，那麼恐怕最多的「殺人行為」是朋友或情人自殺的情況。姑且不論他人意見，當事人會責備自己坐視對方死去，並且認為對方死亡等於是自己殺的。

像這種不存在殺害意圖、只是因為無知或不關心導致的殺人事件，或許更多吧。

「總而言之，你到底想說什麼？」

珠子聽了鳥邊野弦一郎幾分鐘的授課——不，應該說是發表己見——然而在五分鐘之後就失去耐性。這也很正常。就如這名副教授看穿的，她並不是大學生，沒有理由對他的談話洗耳恭聽。

弦一郎再度發出「呵呵呵」的笑聲。

「也就是說，我雖然說那三人是我殺的，但歸根究柢，視定義而論，任何人都有可能成為殺害者。光是沒有察覺到對方的痛苦、無法拯救對方，就可以說是『見死不救』的殺人行為。」

「我看不出你因為對學生見死不救而苦惱。」

「當然。」弦一郎回答。「我談的是事實。不是意識，而是事實。妳該不會認為只要有罪惡感，就能容許殺人吧？」

「我不會這麼說。」

「不過如果要探討意識，他人的死是很難想像的……這是我的看法。他人畢竟只是身外之物。」

「沒這回事吧？人類會有同感、同情這樣的意識。」

「是嗎？那終究只是保身而已……只是想要相信『為他人憂慮的自己很正常』、『自己是正確的人』。」

＋＋

珠子簡單扼要地描述和副教授的對話之後，黑髮少年再度發出「哦？」的聲音。

他顯得很愉快。

或者是覺得這一切事不關己。

「沒想到會有人說出這麼有趣的話。」

「因為沒完沒了，所以我就結束談話……我實在無法理解。」

假設弦一郎是犯人，那麼令人起疑的言行並非上策。他只要擺出悲痛的表情、說出悼念的話語，就不會被懷疑。這才是犯人應有的姿態。

如果他不是犯人呢？那就更讓人無法理解。他為什麼要說出引人懷疑的話？只是想要引人注目？不可能。如果是網路討論區裡多如牛毛、愛看熱鬧的網民，那還能夠理解。那些人喜歡冒充相關人士，散布沒有根據的情報，看到他人因此而情緒激動就會感到愉悅。然而，在現實中做這種事相當危險，很難想像身為大學副教授的人會這麼做。

烏邊野弦一郎這個男人的確很可疑，也很詭異，但僅止於此。總不能只因為外表或氣質很奇怪，就把他當成犯人。

「說自己是犯人嗎……」

戾橋東彌愉快地笑了。

珠子現在總算知道，自己為什麼會被那種戲言所惑。

那個男人的感覺……跟這名少年很像。

因此，她才無法以一句「你在胡說什麼」打斷對方。她情不自禁地聆聽，甚至心想「該不會是真的」。正因為她認識此刻走在旁邊的真正問題人物，才會對很像這名少年的男人感到畏懼。

那些刑警或許也是如此。正因為感受到和過去遭遇的犯罪者相似的氣質，因而無法一笑置之。

「對了，小珠，不是有句俗語說『笨拙的思考跟休息差不多』嗎？」

東彌不知想到什麼，突然這麼說。

「呃，是啊。那又怎麼樣？」

「這句話的意思應該是：『腦筋差的傢伙再怎麼努力思考也沒用，等於是在休息而已。』不過，我覺得也可以反過來說。」

「反過來？」

「嗯，反過來。也就是說，聰明人的深思熟慮，有時沒什麼意義。」

聰明的人不會輕易做出判斷。他們會以脈絡分明的邏輯思考事物，不忘計算得失，甚至還要考量他人評價與一般道德觀感之後才下結論。這樣的結論通常是正確的，但聰明人有時正因為太聰明，因而造成決定性的錯誤。

他們會過度思考愚人的想法。

因為他們把邏輯思考視為理所當然，因此無法理解情緒性的舉止或突發性的行動。明明沒有任何內在理由，卻擅自推論「一定有某種特別的意圖」。

「把自己以外的人都當成傻瓜，當然是愚蠢的想法，但是認為所有人都憑邏輯思考也同樣很蠢。每個人的價值觀都不一樣。小珠，妳似乎在思考那個叫鳥邊野什麼的傢伙在想什麼，可是，如果最基本的觀念不一樣，就只能做出完全失準的推理。」

這是常被他人評為「腦筋有問題」、「怪人」的傢伙所說的話，對於道德觀正確到不適合當調查員的珠子來說，或許有值得傾聽之處，但是，珠子從中途就完全沒有在聽東彌說話。

不，她是處於無法傾聽的狀態。

「……小珠？」

她僵硬地勾住東彌的手臂，控制他行動，然後直接在車站前方的轉角右轉。她拒絕捐血的宣傳，穿過腳踏車停車場旁邊，進入教會旁的街道，走向鬧區反方向的住宅區。

如果要前往位於大阪的ＣＩＲＯ－Ｓ關西辦事處，應該進入車站搭乘阪急線；如果要前往位於附近的東彌住處，與其走教會旁的岔路，不如繼續前進比較快。

這時東彌似乎也理解了。

「……小珠果然立刻就能察覺到這種事。大概是因為知道做法，所以也知道因應方式吧？」

「不要說話。盡量自然地走路，不要被發現。」

沒錯。

當他們幾分鐘前走出大學校園時，就被人跟蹤了。

正義在此

持劍的騎士奔馳在原野。

不知汙穢的純白，或許是比暗影還要深的黑色。

推動他前進的是福音，還是惡魔的低語？

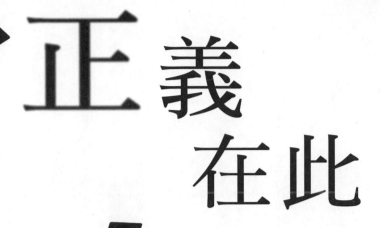

回想起來，這是她昔日上司佐井征一首先教她的事。

「再怎麼沒有才能，只要學會這個，至少能有打雜的程度。」他指導珠子的時候曾這麼說。根據他的說法，即使辭去這個工作，這項能力也能用在各種地方。

珠子不知道佐井是基於什麼樣的想法指導自己，也不知道他說的是否屬實。這項能力確實有用，但情報機構不可能簡單到只憑這一招就能待下去，而且如果自己真的決定要辭職，也有可能會被殺害滅口。

這個問題關係到佐井這個男人的內心，無法得到結論，珠子只能憑自己高興來解釋。然而有一點是事實。

她今天識破了自己被跟蹤。

「……戻橋，請你做好心理準備。對方絕對是職業的。」

「也就是說，不是一天幾萬圓請來的兼差。小珠能看破這樣的對手，果然也是職業等級的呢。」

珠子以一句「請保持安靜」封住他的嘴，繼續走入住宅區。背後那個戴著連帽上衣帽子的人影毫不遲疑地跟上來，看樣子應該不是回程的路湊巧一樣。

對方毫無疑問是職業的。珠子雖然如此斷言，但如果對方是本行的人，譬如像是公安警察或內閣情報調查室的人，她應該沒有辦法識破。既然輕易被發現，就已經不夠格稱為職業等級。

然而，對方的確不是完全的外行人，舉止相當熟練，並不像東彌舉的例子那樣，只是聚集在便利商店前的年輕人，拿了幾張萬圓鈔票被臨時僱用的。這點很麻煩。

也就是說，對方「某種程度上習慣從事這樣的行為」，但是卻「不是以此為業的人」。

這意味著什麼？

「戻橋，你傳簡訊給椥辻監察官，告訴他我們被跟蹤了。」

「我知道了。還有呢？」

「這一帶有沒有不會引人注目的地方？」

現在只能期待對方是三流偵探。

不是以收集情報為工作，但是常常有機會跟蹤他人——符合這種條件的，就是以窮追他人為業的人，具代表性的有討債公司。在暴力討債的過程中，有時也會進行身家調查。

此外，像職業殺手這種凶殘事件的專家，也常常會跟蹤目標。

「對方只有一個人，繼續逃跑也很危險……更重要的是，這是獲得情報的好機會。我打算正面迎戰。如果我快要被打倒了，請你不要猶豫，立刻丟下我逃走。」

珠子不等東彌回答，就抓著他的手開始奔跑。

即使是搭電車到大阪不需一小時的衛星都市，只要從車站走幾分鐘，就會看到和地方城鎮沒有兩樣的景象。

譬如被設有停車場的超市、連鎖餐飲店搶走顧客的商店街，或是等待拆除的社區住宅，另外還有距離幾站的地方成立明星學校之後，程度就變差的公立國中，以及距離私鐵或主要公路都很遠、無法吸引買家的大樓。

可以肯定的是，在這樣的地區，會有空白區域存在。

既不是學生上學的路，也不是通往鬧區的捷徑，因為不會成為任何人的動線，因此雖然位在市區，行人卻異常稀少。由於沒有人流，因此空氣流動也很差，氣氛感覺沉滯。

珠子引誘跟蹤者前往的場所，就是這樣的區塊。

雖然旁邊是公寓，反方向也有數棟大樓，卻沒有行人往來。這裡沒有旁觀者。即使在這種巷子裡發生砍傷事件，大概也不會有人察覺。

即使有人死掉也一樣。

「！」

人影看到面對自己的珠子，似乎察覺到自己被誘入這個地方。

珠子沒有出其不意地發動攻擊，或是不由分說地勒住對手，是基於「萬一是自己誤會就很抱歉」這種正直想法做出的判斷，卻不得不說她太天真了。有時無情也很重要，尤其是在攸關生死的情況。

不過就結果而論，她的行動是正確的。

戴帽兜的人物，袖口飛出摺疊刀。不，應該是原本就藏在手中。如果輕易勒住對方，身體某個部位一定會被割傷。

而且珠子現在也能確信，先前的推測是正確的。

如果對方的目的是收集情報，那麼在被目標察覺時，計畫就已經失敗，應該會迅速逃跑。這是因為跟蹤者有可能會被捕獲並遭受暴行。去收集情報的人如果受到拷問而洩漏機密，那就太慘了。

然而眼前的人物卻雙手拿著凶器。

這個人是為了加害而跟蹤他們的。

「妳大概以為自己占到優勢，可是妳真的有能戰勝的策略嗎？」

意外的是，這個聲音是女人的聲音，而且很年輕，大概和珠子同世代。

冷汗滑落珠子的臉頰。緊張與恐懼——為了避免暴露這些弱點，她刻意用毅然的態度回應：「那當然。」冷靜，冷靜。她告訴自己，這個人物絕對不是無法戰勝的對手。

新兵最應該注意的，就是不能被戰場的氣氛吞噬。

珠子想起昔日的上司說過的話。一旦心生畏懼，身體就會僵住，緊張的四肢無法像平常一樣活動。這樣一來，在戰鬥之前勝負就已經決定。對方不是無法戰勝的對手——珠子再度在心中默念一次，是不是事實不重要。她壓抑加速的心跳，冷卻變熱的腦袋，保持冷靜。

接著她有一瞬間垂下視線。

戴帽兜的女人趁機起跑，占得先機——不，是珠子故意誘敵。珠子在對手行動前跳出去。女人被趁虛而入，僵在原地；相對地，珠子已經加快速度。

先之先（註6）——珠子刻意製造空隙，讓對手先下手，引導出容易對付的行動。

珠子立即進入攻擊範圍。在這個距離，雙方出拳都能命中，刀子的距離優勢消失了。

刀子直線劃過，珠子冷靜地用手揮開，然後以右手掌底攻擊。這是瞄準下巴的一擊，但對方躲開了。女人彷彿要回應般，準備以另一隻手戳入臟腑，然而珠子已經預料到了。她以停下拳擊的勁道縮回右手，撥開對手拿著凶器的手腕。這是下段拂的招式。

女人為了釋放衝擊力道而回身，刀子在幽暗的巷子裡閃爍，接著朝珠子襲來的是後旋踢。如果往旁邊擺動閃躲刀子，就會被這一踢的軌道直擊。身體如果遭到橫向踢來的腳攻擊，動作就會停止，接下來就等著喉嚨被割斷。

然而珠子以後退的腳步迴避，因此躲過一劫。

兩人距離拉開。在一腳一刀的攻防之間，女人暗自思索。

……太靈巧了，她不是只接受過幾個月訓練的新人嗎？

雖然比不上身經百戰的勇士，但明顯不是外行人的動作。不過，也不是天生的強者，個子和反應速度都很普通，如果要問有沒有天賦，可以肯定地回答「沒有」。

即便如此，自己卻沒有辦法戰勝，也無法占得優勢。好歹算是職業殺手的自己，竟然

◆註6：武術用語，意指在對手發動攻擊之前攻擊。

無法解決掉這樣的對手。

戴帽兜的女人腦中浮現問號。

另一方面，珠子則想起不久之前的一幕。

++

那是在聯合辦公廳舍中，與監察官辦公室同一樓層的房間。

站在珠子對面的是椥辻未練。

「要不要去運動？如果妳不想要也沒關係。」

他帶珠子來到訓練室。這裡雖然鋪著地墊，不過似乎可以穿鞋子進來。他甚至告訴珠子「最好穿著鞋子」，理由是實戰當中很少會赤腳。

站在距離三公尺左右的前方、戴著眼鏡的男人細心地折起外套，問她：

「妳的手臂痊癒了嗎？」

「是的。」

「那就讓我看一下妳的實力吧。我想要了解妳的戰鬥能力到什麼樣的程度。根據這一點，分配給妳的任務也會不一樣。除了戳眼睛和攻擊下體以外，妳有什麼招式都可以使出來。」

珠子回應：「你雖然這麼說，不過根據我受到的教育，一旦像這樣面對面，實戰任務就算失敗了。」

她的發言不愧為受過諜報單位（雖然是假冒的）調查員培訓的人。

內閣情報調查室與公安的人不是軍人，更不是格鬥家，不需要擅長面對面的鬥毆。重要的是匿跡潛形，不被人發現。不論敵人有多強，只要出其不意地逮捕對方就行了。

說得詳細一點，就是分析對象收到的每一封郵件、掌握狀況的低調與縝密工作。不論在表面上或背地裡、合法或非法，這一點都不會改變。撼動世界的革命，或是阻止革命的行動，都建立在低調到驚人的工作之上。

不知是以公安、內閣情報調查室、或是警察的身分，未練點頭說：

「妳說得沒錯。說得更極端一點，最好是沒有敵人。如果能夠把對手納入自己陣營，那是最理想的情況……回歸正題，即使如此，也不能在面對敵人的時候束手無策。」

這麼一來更不適合實戰。

武力這種東西雖然最好不要用到，但為了因應緊急情況，仍舊是必需的。

「那個男人……佐井征一教了妳什麼？」

「除了剛剛提到的之外，他還指導我要消弭敵對的理由。這應該不是栂辻監察官尋求的答案吧？」

「這是卡爾・施密特(註7)。」

「咦？」

他似乎只是在自言自語，催促珠子：「繼續說吧。」

雙岡珠子想起接受訓練的那段日子。

佐井征一是非常理性的指導者。他最討厭的就是強調毅力的論調，絕對不會毫無根據地鼓勵她「只要去做就能成功」。相反地，他一再否定珠子的才能，甚至告訴她一旦必須戰鬥，就要有送死的心理準備。

「敵人有可能是花幾十年持續鍛鍊身體的武術專家，也可能是在體壇亦能成功的體能菁英。面對那樣的對手，不久前還在住院的妳想要對戰，根本是自不量力。」他屢屢如此告誡珠子。他最厭惡的狀況，大概是憑期待而非客觀觀測行動，過於大意，以致於最後連恐懼都來不及就死掉。

膽小也沒關係，但同時要講究合理性。

這就是他的指導。

「你知道人類有多少根骨頭嗎？」

「不太清楚。」

「聽說大約有兩百根。關節數量視計算方式，則有兩百至三百多個。此外，雖然有個別差異，不過關節活動範圍是有極限的。」

這意味著什麼？

人體有絕對無法彎曲的部分（硬骨），連結這些部分的關節能夠轉動的範圍和角度也是固定的。這一點是人類這種生物的共同點。

如果勉強超過活動範圍，關節就會輕易損傷。不論是指骨或頸椎都一樣。除非是這方面的超能力者，否則手肘絕對無法朝反方向活動一百八十度。

也就是說——

「依據人類在某個瞬間的姿勢，可以預測其下一個動作。」

他雖然說得理所當然，卻是超乎常識的指導。

◆註7：Carl Schmitt，德國著名法學家與政治學家。

骨骼、肌肉、和關節都是有限的，沒有辦法無限而無限制地活動。這一點是確定的。然而這項事實並不能得到「因此可以預測其下一個動作」的結果。如果是一、兩種還有可能，實際數字卻是幾百種。就如關節一般，大腦的處理能力也是有限的，無法瞬間判斷、推測出對手的下一步。

武術和格鬥技當中雖然也有同樣的理論，卻有限定範圍。譬如掌握某個關節，對方就無法動彈，一旦抵抗便會脫臼等等。

「當然沒辦法掌握全部，但是也沒有這個必要。只要不在攻擊軌道上，就不會被拳頭打到。所以只要閃躲就行了，或者撥開也可以。」

他做出中段接招的動作。

「這是俄羅斯的軍用武術『西斯特瑪』的想法。話說回來，就算能夠歸納出類型，也不等於有辦法應付。如果這個理論是正確的，拳擊手就不會被對手的拳頭打中。畢竟拳擊的出拳種類有限。」

「你說得沒錯，而且自己也會因為身體姿勢限制到行動，所以有時沒辦法迴避或來不及防禦。不過具備知識與否是很重要的，尤其是像我這樣運動經驗很少的人。」

只要從人體構造和頻繁出現的模式鎖定動作就行了。光是掌握到「絕對不可能的動作」與「經常在格鬥技中使用的動作」，就能派上很大的用場。理解出拳方式與距離、容易被瞄準的部位，和不理解的人之間就會有天壤之別。

舉個易懂的例子，知道與不知道變化球的球種，會有很大的差別。

如果不知道「會轉彎的球存在」，根本沒有勝算。能夠判別往外轉彎的球種，就會增加不出棒的選擇。知道內角高球、外角球屬於投球的一定模式，便能賭接下來的球路。

在攻擊方面，佐井也追求合理性。雙岡珠子在無數的攻擊技巧當中，只學了掌底攻擊，這是因為用手掌打擊是最不容易受傷的方式。

「打人」乍看之下好像是誰都做得到的行為，實際上卻需要鍛鍊與技巧。因為打人而骨折的例子也不罕見，更不用說使用貫手等招式，外行人只會讓手指骨折而已。

至於踢技，珠子連一項都不會。由於以腿部攻擊時，必然會形成單腳站立的姿勢，導致重心不穩，很容易受到反擊，要是被抓住腳也很難應對。「既然如此，乾脆不要教比較好。」佐井如此判斷。

「掌底的技法也可以用在撥開敵人的手。我在指導女性防身術的時候，會教她們『用鞋跟踩對方的腳背』、『用手掌推擊對方的臉』。要是打到鼻子就會折斷鼻骨，打到下巴衝擊則會直達腦袋。雖然簡單卻很有效果。」

「我的情況是——」

珠子揮動手臂。

首先是一直線，接著是從斜下方劃弧形的動作。前者是拳擊當中直拳的動作，後者介於勾拳與上鉤拳之間，大概是猛擊（smash）吧。

「我只學了這兩種動作。佐井先生說，尤其是第二種也能用在防禦，要好好練習。」

即使以知識與限定使用技術來彌補經驗與運動能力的不足，但當然仍有無法填補的差距，也因此佐井才會再三教導珠子「最重要的是不要被對手發現」。

為達目的不擇手段的馬基維利主義，可說是合理的極致。正因為受教於信奉這種思想的佐井征一，因此珠子的戰鬥技術也極為合理。沒有運動與打架經驗，對她來說也有好處。正因為沒有預備知識與壞習慣，才能完全遵照教科書的動作。

「佐井先生應該也很高興吧。他的下屬雖然沒什麼才能，卻非常認真。」

「栁辻監察官，你認識他嗎？」

「他是我以前的同事。」

未練回答的同時，把手中的外套丟向珠子。

折起來的外套受到空氣阻力而張開，遮蔽珠子的視線。要迎擊還是迴避？珠子被迫在一瞬之間做出決定。

如果未練躲在布的後方突擊，正面的掌底攻擊會很有效果。因為看不見，所以沒辦法瞄準臉部，不過可以預期身體的位置打過去。打到胸部的話，應該可以折斷肋骨。

然而，如果他藏有凶器，那又另當別論。屬於女性平均體型的珠子對上大個子的男人，雙方的攻擊距離有一定差距，要是對手又拿著匕首或短刀，那麼他的攻擊無疑會先打到珠子。

珠子立刻跳向左邊。她選擇躲避。

然而下一瞬間，一陣大風突然吹向她的身體。未練的三日月踢掃過珠子的腰際。

接著他拉開距離，似乎是在宣告測試結束。

……如果是實戰，剛剛那一招就結束了。

腿的肌力是手臂的好幾倍，再加上對方是超過一百八十公分的男性，要是被這一腳踢中，不只內臟會受傷，有可能連腰骨都被粉碎。

「話說回來，妳還是太忠於基礎，竟然會被那種陷阱欺騙。人類在無意識中似乎會選擇左邊多於右邊，所以妳最好不要什麼都沒想就往左邊躲。不過妳要照自己喜歡的方式做也沒關係。」

「……很抱歉，我太小看栁辻監察官了。看來你不僅擁有學識，體能也很傑出。」

「我好歹是警察，接觸過一點武術。順帶一提，佐井是以前的同事這句話，其實是為了讓妳動搖的謊言。」

未練說完笑了。

＋＋

又經過兩次的攻防之後，聽到警車的警笛聲。

對珠子來說應該算是幸運。她一直採取不主動攻擊、只努力防守並等待時機的戰鬥方式，差不多快要難以招架了。職業殺手和只接受過幾個月訓練的情報員之間，在戰鬥能力方面有決定性的差異。

然而，相較於以「殺害敵人」為目的的對手，珠子的勝利條件除了「使對方失去攻擊力」，還有「在增援到達之前拖延時間」。她之所以刻意選擇迎擊、採取以守勢為主的戰鬥方式，背後存在著這樣的想法。

「別以為這樣就結束了。殺死『那個人』的罪行，要用妳的命來贖罪。」

「……那個人？」

女人啐了一聲，以充滿憎惡的聲音宣告之後，轉身跑走。

——怎麼可以這麼簡單地讓妳跑走！

珠子追上去，但立刻停下腳步。只見戴帽兜的女人一到大街上，就以手中的刀子砍傷行人。

……那傢伙，竟然做這種事！

隨著尖叫聲，街上轉眼間就陷入混亂。有人停下腳步想要知道發生什麼事；有人及早察覺到狀況，拉著小孩或情人逃跑；有人毫無危機意識地觀望。行人的反應各式各樣，不過珠子此刻已經很難追上犯人。

不，即使周圍沒有人，珠子大概也會停下腳步。

「戻橋，快叫救護車！還有，去找乾淨的布！」

她在焦急當中，仍舊試圖冷靜地進行急救。

看到她這副樣子，戻橋有些傻眼，但也露出喜悅的笑容。

「小珠，妳果然很溫柔。」

「快點！」

「好好好。」

對手朝路人行凶的目的很顯然是為了絆住他們。肩胛骨一帶被割傷的少女雖然相當害怕，但沒有受到危及生命的重傷。下手者明顯是習慣殺人的人，也很有可能與兩人調查的事件有關。

合理思考的話，雙岡珠子應該去追試圖奪取自己性命的女人。想到接下來有可能受害的無辜市民，或者單單是自己成為標的的事實，就不應該放走對方。

然而，珠子沒有這麼做。

她選擇的不是合理的判斷，而是以眼前受傷的少女優先。

這或許就是她上司所說的「無知的善良」，不過戻橋東彌認為，這種不合理的「答案」也不壞。

＋＋

未練搭乘似乎是私人用車的灰色 Honda Freed 來到現場，告訴他們已經通知警察，然後向看似負責人的一名警官說了些話，就提議迅速離開。

雖然聯絡過上層，但警察內部也不是鐵板一塊，有可能根本沒有通知到最下層的人。即使有各式各樣的管道，也不是所有行為都能得到允許。

他照例以隨性的口吻說：「總之快點走吧。如果你們不想走也可以。」東彌和珠子選擇乖乖遵從，離開大概還有好一陣子無法平息騷動的鬧區。

「發生什麼事了？我希望你們能從頭說明。」

在前往ＣＩＲＯ－Ｓ關西辦事處的車上，兩人被詢問這個問題，各自簡要地報告今天的成果。

短期間內，同一所大學的同一間教室內發生三起可疑死亡事件，被害人生前都處於衰弱狀態。根據警方調查，三人沒有關係，不太可能是基於仇恨的動機。

接著是不知為何宣稱「自己是犯人」的白髮副教授——鳥邊野弦一郎。他的發言雖然暗示自己犯案，談話內容卻像品質低劣的哲學般不得要領，只是造成混亂。他該不會是隨口說說引起混亂，並愉快地觀賞這樣的光景吧？

另外還有打扮成算命師、叫住東彌的少女，這個人很難說是單純在尋他開心。如果只是藉由算命叫住經過的男生，並提議挑戰撲克遊戲，或許可以斷定是「有點怪怪的大學生」，但既然對方知道「戻橋東彌」這個名字，可想而知是得到了我方的某些情報。

再來是從校園內跟蹤兩人的戴帽兜女性。這個人明顯是專業殺手。再加上「妳要為殺死那個人贖罪」這句話的意義……

「可以確認一下兩、三件事嗎？」

未練以單手操控休旅車，提出問題。

「戻橋遇到的女生，有沒有可能只是你不記得，其實是大學裡認識的人？」

「唔，很難說。她的臉被長袍遮住，所以我也沒有看清楚。不過我確定沒有聽過她的聲音。」

「很難說？拜託……」

珠子發出抱怨。如果到頭來只是東彌沒有發覺，其實單純是朋友，那麼就白白浪費思考時間了。

話說回來，在現實中要說所有現象都與事件有關，反而更不自然。社會本來就是混沌狀態，要找出適當的因果、關聯、變數或因素相當困難。

「啊，不過有件事我忘了說。」

「忘了說？」

「嗯。那個女生最後幫我用塔羅牌算命。」

「……該不會只有這樣吧？我要揍你喔？」

「小珠，妳有時候凶暴到令人驚訝的地步耶。」東彌愉快地回應並搖頭。「要說只有這樣，的確只有這樣，不過也不只有這樣。她讓我看的是正位的『高塔』。不，她是刻意讓我看那張牌的。」

少女雖然從一疊塔羅牌當中抽出那張牌，假裝是算命的結果，但即使不是精通賭博的東彌，應該也能察覺這是稱作「Second Deal」（註8）的作弊方式。她的動作笨拙到讓東彌覺得還不如不要做。這種程度的魔術如果在賭場使出來，一定會立刻被趕出去。只要是稍微專注一點的人，就能夠發現她在耍花招。

不過反過來想，這也顯示她不惜用不熟練的動作，也要讓東彌看到那張牌。

「接著她說『這張牌不好，你應該要從目前投入的事件收手』。」

「『高塔』這張牌有不好的意思嗎？」

「我也不是很清楚，不過好像不太好。」

「請等一下。塔羅牌的正位和逆位不是會有不同的意思嗎？」

◆註8：撲克牌遊戲或魔術中的欺騙技術之一，看似發第一張牌，實際上是發第二張牌。

珠子在上次的事件剛認識東彌的時候，在五辻真由美的病房聽她談過塔羅牌。在那場談話中，珠子得到了正位與逆位意義不同的基本知識。

——「正義」的逆位代表「單方面」、「偏頗」、「不公平」的意思。要小心自己不要偏向獨斷專行。

她記得那位睡美人以一副通曉事理的態度這麼說。

「嗯。小珠說得沒錯，塔羅牌的正位和逆位有不同意義。比較好懂的大概是Ⅷ的『力量』吧。這張牌通常代表字面上的『力量』，或是『意志』、『執行力』的意思，不過逆位就真的是相反的意義。」

缺乏思想，以及實現想法的力量。

亦即意味著「無力」、「優柔寡斷」。

然而「高塔」是例外。在塔羅牌二十二張大阿爾克那當中，只有這張牌不論是正位或逆位，都暗示不好的本質與未來。

不需舉巴別塔為例，自古以來人類便持續建造巨大而接近天空的高聳建築。這些建築通常是權威與秩序的象徵，城堡要塞等戰爭設施、教會等宗教建築、以及現代的摩天大樓都是如此。主要城市一定會有成群的水泥塔。各國的證券交易所也不例外，被稱作世界經濟中心的世貿中心更是最典型的例子。

描繪主掌權威與秩序的高塔崩壞的牌，被賦予不好的意義，不知是否能夠從中找到某種關聯性。

「她說，所以兩種都可以。『兩種都一樣，所以兩種都可以。』」

東彌低聲說。

「……而且，大學不是也被戲稱為『象牙塔』嗎？」

如果只是要表達不好的事，也可以選擇具有「破滅」意義的 XV「惡魔」。她選擇「高塔」或許有特別的意圖吧？

「比較妥當的想法是『警告』。」

未練的結論讓兩人都能夠接受，不過也有疑問。是誰，又是為了什麼樣的意圖提出警告？

成為兩人上司的椥辻未練為了測試他們的實力而派遣刺客——這是很有力的假說，但是從他的口吻聽來，似乎不是這麼回事。或者是公安和內閣情報調查室內部與未練敵對的勢力做的？但是以妨礙調查來說，手段未免太溫和。如果真的想要妨礙東彌等人，應該會採取更暴力的手段。

在適度的暴行之後威脅「如果不收手，下次就折斷骨頭」，大多數人都會畏縮，很難假裝什麼事都沒發生並繼續調查。

該不會真的是出於親切而提出忠告？

「就我所知，並非內閣情報調查室或公安內部的人做的。我也問過『中野』——自衛隊內部這類組織的熟人，他也說不知道。當然，我要再三聲明，不是我派遣的人。」

「……你保證？」

「你可以相信我，不過不相信也沒關係。」

對於東彌非暴力卻具有毀滅性的問題，未練照例如此回答。

他沒有說謊。

「我在意的是，那個算命師是否知道戻橋東彌的能力。你自己有什麼感受？」

「很難說。她雖然應該沒有說謊，可是我不知道是『因為知道我的能力，所以無法說謊』，或是『在允許虛張聲勢的遊戲中刻意不說謊，試圖擾亂對手』。也可能只是討厭說謊，就像我一樣。」

「不論如何，我們不僅不知道對方的意圖，而且如果對方知道你的能力，就代表情報從某個管道洩漏出去了。真糟糕。」

未練為什麼能夠肯定這件事不是內閣情報調查室或公安內部的妨礙？大前提是知道「戻橋東彌」與「雙岡珠子」兩人存在的，只有極少數的人。

先前阿巴頓與佛沃雷的C檔案相關事件中，進行事後處理的是CHIYODA，但知道真相的只有一部分人。具體而言，就是進行事後處理的小組成員、負責指揮的未練、以及參與調查與研議兩人處置方式過程的幾人，其他人並不知道詳情。

這是公安裡超能力者處理部門「白色部隊」特有的防止情報洩漏對策。情報不會讓組織內所有人都知道，藉此防止能力內容這種最高機密洩漏。連隔壁的小隊或別的單位在做什麼都不知道，也是家常便飯。身為主管階層的椥辻未練雖然掌握相當多資訊，但也稱不上全部。

至於內閣情報調查室內部，應該什麼都不知道。未練並沒有告知任何人。「操縱說謊者的能力」——大概沒有比這個更能夠對情報機關發揮效力的能力。未練打算把戻橋東彌當作與CIRO-S或內閣情報調查室上層對立時的王牌。也因此，他只報告「『監察官托管』的下屬會增加兩人」，除此之外什麼都沒有透漏。

「你說得好像理所當然，可是，真的能夠容許這種特別待遇嗎？」

「一般來說不可以。但是姑且不論關西辦事處，你們兩人應該不會被容許進入內閣情報調查室總部。除非跟我在一起，但是還是會有監視者跟隨。」

「哦……我了解監察官先生的主張了，但是也有可能是內閣情報調查室的人自己查出來的吧？」

「是的，但這種可能性在任何組織都有。特別是阿巴頓和佛沃雷也可能在調查，他們的目的是要報復。」

阿巴頓集團被奪走最高機密的C檔案，又失去佐井征一這名指揮官。佛沃雷則死了老大威廉．布拉克，一之井貫太郎也是佛沃雷少數在日本「工作」的成員，對於組織來說損失相當大。

「可是不論是哪一個組織，如果是以復仇為目的，應該不會採取用塔羅牌算命來警告這種做法。就這點來說，試圖殺死你們的那個女人好懂多了。」

——別以為這樣就結束了。殺死「那個人」的罪行，要用妳的命來贖罪。

珠子想起戴著帽兜的女人說的話。

「復仇……嗎？」

「雙岡，妳應該沒什麼頭緒吧？不過沒有頭緒也沒什麼意義，有很多人會因為誤會或遷怒而攻擊他人。但是，戻橋就不一樣了，你殺死了威廉．布拉克。」

未練以平常的聲音，冷靜但好似把刀刺向心臟一般，銳利地宣告「你殺了人」這項事實。

那是正當防衛嗎？或許是吧。但是選擇要和佛沃雷對決的是東彌本人。如果他依照佐井的提議乖乖逃跑，就不會發生這種事。是他自己決定要踏入險境。而且他是超能力者。他是不是認為「即使面對犯罪組織的人，只要對方說謊，就能操縱對方自殺」？這樣的行為，可以和被攻擊才抗拒的單純正當防衛行為相提並論嗎？

「監察官先生，你的指摘還真是犀利。」

東彌以平常的語氣回應。

他既沒有假裝沒聽見，也沒有突然改變態度。

他的語氣依舊輕佻、開朗，卻又帶有空虛的瘋狂。

「不過這種事我早就知道了，從一開始就全都知道。」

「我想也是。」

他知道，知道得相當透徹。

未練並不是要故意惹他不愉快。戻橋東彌這個少年不會因為這點小事受傷。

那句話宛若把刀子刺入心臟，但是對於從邊緣被切開的心靈，如今再多一道刺傷也不會有什麼變化。

「你不在意的話很好，我個人也覺得沒必要在意，不過有些人不這麼想，所以我才要確認一下。」

接著椥辻未練說：

「我們得到情報，佛沃雷有動作。雖然只是傳言，不過如果是為了復仇，那個戴帽兜的女人就是佛沃雷的人。」

佛沃雷是史上罕見、沒有任何目的與理念的犯罪結社。這個魔眼集團的成員個個自由行動，甚至稱不上是組織。

然而，「個個自由行動」並不等於「不會報復」。

因為沒有人下任何命令，也不會有任何責難，因此也會出現想要復仇的人。

＋＋

打開門的女人對櫃檯說「我是後面那桌的同伴」。光是這句話，餐廳的人就聽懂了，引領她走向包廂。這裡是政治人物也會使用的一流日本料理店，像這樣的應對是理所當然。在這裡談話的內容絕對不會洩漏出去，即使警察來搜查也一樣。

假使有人在店裡死了，只要下手的人負責處理好屍體，員工大概根本不會報警。這裡就是這樣的店。

她已經沒有戴著帽兜，衣服也已經處理掉了。現場或許留下頭髮，不過不用擔心。她沒有被逮捕的前科，即使比對警察的資料庫也不會有問題。

偏紅的褐髮是與生俱來的。如果是往昔還很難說，不過這年頭染髮一點都不稀奇。她的臉孔沒有特別之處，如果不說的話，大概不會發現她有歐洲血統。

她打開二樓的和室紙拉門，看到熟悉的景象。

「我是柊。剛剛到。」

「呵呵呵……看妳的表情，應該失敗了吧？」

白髮的鳥邊野弦一郎跟平常一樣喝著日本酒。一名年輕女生把頭枕在他的膝上，旁邊則有長得一模一樣的少年，把筷子伸向弦一郎面前的料理。這樣的景象也跟平常一樣。

三人究竟是什麼關係？如果是教授和學生，未免太親近了。他們看起來就像飼主與動物。寵物在向飼主撒嬌，或許是最接近這個氣氛的形容。

不過，考量到這名男子是國際犯罪結社的人，那麼這種事只是細枝末節而已。

「蓮、艾，我要跟人談工作，你們該回去了。」

「好～」

「我們會再來幫忙，要請我們吃飯喔。」

「噓、噓！」弦一郎做出趕走野狗的動作。柊打了招呼，目送離開房間的兩張一模一樣的臉，然後在對面坐下。

「妳見過殺死布拉克那兩人，有什麼感想？」

「沒什麼。那兩個傢伙沒什麼值得特別一提的地方。」

「那麼妳就成了連一般人都無法確實殺死的沒用殺手。」

聽到他嘲諷的評語，柊皺起眉頭回應：

「我只是太疏忽。」

「柊，我不在乎妳復仇成不成功。只是因為妳說想要替布拉克報仇，我才親切地提供情報。」

「親切？真好笑。」

她頂回這句話。

柊雖然沒有魔眼，卻是佛沃雷的一員。她理解同僚弦一郎的特質，沒有比這個男人更遠離真誠、體貼這些概念的人，他只對自己有興趣。

弦一郎用手遮著嘴巴，但無法隱藏揚起的嘴角。他大概也不打算認真隱藏。

「你只是把我當成試金石，用來測試那兩人的實力。說是試金石，還算比較好聽的比喻。同樣是石頭，你大概只把我當成隨意丟進河裡的石頭吧？」

「呵呵呵……真是駑鈍。」

「什麼？」

「談我的認知有什麼意義？妳根本無從確認。妳被布拉克收留，欠他救命之恩，所以才想要報仇。對妳而言，重點是我的情報有沒有用……事實僅止於此。」

雖然令人惱火，但弦一郎說的是實話。

沒有人會了解他人的心理，只能從其言行推測情感和想法。說得極端一點，對方的內心跟自己無關，重點只有「對自己有利或不利」。

同樣令人惱火的是，柊非常想要弦一郎的情報。

「……沒錯，我只要能夠報仇就行了。如果可以實現，我會如你所願，在你的手掌心上跳舞。」

「嗯，妳就加油吧。對方也很擅長跳舞。」

「啊？」

「我只是在自言自語。」

白髮的男人回答後，再度開始喝酒。

++

「暫時住在聯合辦公廳舍吧，總比回自己的公寓安全。如果不想住也沒關係。」未練用一如往常的口吻這麼說，然後就離開關西辦事處。他要去處理身為公安的其他工作，這也意味著他不會全面支援兩人。

這次的任務原本也兼具測試戻橋東彌與雙岡珠子兩名新人實力的目的，如果未練自己解決事件，那就本末倒置了。他會給予最低限度的協助，但也僅止於此。

在辦公室旁的休息室，珠子按下廉價快煮壺的開關。

「……感覺冷冰冰的。」

「現在才開始加熱，當然是冷的。」

「我不是指水溫，是指監察官。」

躺在沙發上漫不經心看著綜藝節目的少年顯得很平靜。光是今天一天就發生了很多事，他卻絲毫沒有表現出不安或恐懼的樣子。他依舊和第一次見面的時候一樣，膽子大到驚人地步。

或者對他來說，這才是正常情況吧。不安與恐懼是因為看重自己與自己的性命才會產生的感情，如果沒什麼可以失去的，自然沒有必要害怕失去。

「妳說冷冰冰的，是指對我們的態度嗎？還是因應這個事件的方式？」

「應該……都有吧。」

「不論如何，這是優先順序的問題。就像監察官先生一開始說的那樣。」

和已經失去的三人性命相較，接下來有可能成為目標的無數市民的安全更為優先——這是未練的說法。正因如此，才會讓兩人調查這起不怎麼重要的事件。

東彌與珠子如果能抓到犯人當然很好，但如果他們被攻擊而死傷，也能確認事件幕後的確有黑手。這樣的結果也沒關係。

「他就是這麼說的，完全沒有虛假。」

「可是我們已經遭到攻擊，他卻沒有採取任何行動……」

「也不能說沒有採取任何行動吧？」

東彌關掉電視，低頭看手機。

佛沃雷有動作了。從雙手持刀的招式來看，對手應該是被稱作「柊」的殺手。目前判定她並沒有超能力。

未練雖然趕赴下一個任務，仍舊告知他們種種情報。

「這樣不就夠了嗎？」東彌反問。「如果監察官先生說得沒錯，那個叫柊的女生並不是超能力者。佛沃雷雖然沒有排序或階級，不過看他們沒有派出具有魔眼的正式成員，感覺應該不是認真想要消滅我們。監察官先生大概認為，現階段還可以交給我們自行處理。」

「可是也有傳言說，有其他人有動作……」

「那也不知道和這起事件有沒有關聯。」

只要夥伴被殺害，一定要復仇——如果魔眼組織具有這樣的理念，不知道會輕鬆多少。雖然超能力者同時展開行動會很難應付，但至少不會處於「完全無法猜測對方下一步」的狀況。

「其他成員也有動作」的情報雖然是事實，但也可能是為了協助在上次事件中失去一切的一之井而奔走，或是在進行完全不同的工作，另外也可能只是為了度假來到日本。

「我了解小珠的心情，可是我們只是試用期的員工。如果他對我們很好，那才不自然，也會很恐怖，感覺好像有什麼內情。他沒有把我們當棄子，給予我們裁量權，我覺得已經夠體貼了。」

「……請你不要這樣稱呼我。」

沒錯，事實上珠子也理解。

就公安方面看來，東彌是擁有異能的危險分子。珠子雖說是被騙的，但也是「協助黑社會勢力的犯罪者」，對他們很體貼才奇怪。當時從兩人口中問出事實後，大可以立即處理掉他們。

（……到頭來，我只是感到害怕而已。）

她了解這個道理。但正是因為看不到未來的發展感到恐懼，才會不滿地抱怨「應該給予更多協助」。明明是自己決定要為了贖罪而戰鬥……

她光是想起對手拿刀攻過來，就會起雞皮疙瘩、冒出冷汗。她打心底不想再做那種事，想要逃到別的地方。

「小珠。」東彌站起來說。

「請你不要這樣稱呼我……什麼事？」

「要不要我抱緊妳？」

「……啥？」

珠子的腦袋一片空白，無法理解這個句子的意義。雖然能夠理解內容，卻完全無法掌握這句話的意圖。

東彌不顧她的困惑，繼續說道：

「我在問妳，如果妳害怕的話，要不要我抱緊妳。」

「……不要說傻話。」

珠子知道自己的臉頰變得紅潤。這是因為被看穿內心的恐懼而感到害羞？還是單純因為異性提出這種建議？她想要嘴硬地說「怎麼可能會害怕」，但是，她無法對這名少年說謊。

為了避免繼續被猜透心情，珠子避開那雙美麗的眼睛，勉強改變話題：

「你要喝咖啡嗎？」

「嗯~不用了，反正我要去便利商店。」

「是嗎……等等，你打算外出？」

「嗯，大概十分鐘。」

「自己一個人？」

「對呀。」

「你是笨蛋嗎？」

幾小時前，他們才剛剛遭人持刀攻擊，還被威脅「別以為這樣就結束了」。未練也建議他們「最好避免單獨行動」，東彌竟然還說這種話。

太沒有危機意識了。如果他說已經把今天發生的事都忘了，珠子或許還比較能夠接受。

「不要緊，我很快就回來了。」

「不是這種問題。如果你一定要去，我跟你一起去。」

「有女生在旁邊，我會不方便看色色的漫畫耶。」

「你真的是徹頭徹尾的笨蛋嗎？」

傻眼到說不出話，大概就是這種情況。

「別忘了，對方是職業的殺手！」

「如果是職業的，應該不會在這裡下手。太危險了。」

內閣情報調查室關西辦事處的同一樓層，有近畿管區警察局入駐，走幾分鐘的路還有大阪府警。另外，雖然沒有公開，但公安的分部也在附近。這一區有警察與情報員混在一般人當中走動，在這樣的場所引起騷動絕非上策。

如果是被用餐中沒有執勤的刑警逮捕還算好，若是被知道佛沃雷的公安部門發現，公安有可能毫無警告就開槍。隸屬於犯罪結社就是這麼回事。即使是較為溫和的未練，大概也會逮住機會試圖開槍殺死對方。

不論使用什麼手段都要消滅罪惡，這就是他們相信的正義。

「所以說，對方如果要行動，應該是在我們重新開始調查大學的時候。大學是國家權力難以進入的場所，人也很多。」

「我知道你想說什麼，可是……」

「妳那麼擔心嗎？那如果我過一陣子都沒回來，妳再來找我吧。反正我應該會在便利商店專心看漫畫。」

東彌說了聲「那我走囉」，打開門就跑出去。

面對他依舊不變、堪稱瘋狂的無畏態度，留在休息室的珠子深深嘆一口氣。不過她現在總算能夠獨處，便努力平息因為東彌先前的提議而加速的心跳。

戻橋東彌經過七樓警衛的身旁，躲過正門守衛狐疑的視線來到外頭，在走向最近的便利商店途中掏出手機。

他拿出的不是配給品的公務用手機，而是自己的智慧型手機。辦公大樓內不知道哪裡有裝竊聽器，不想被未練知道的事，最好還是別在建築物裡談。

沒錯，譬如有關她的事——

「喂？」

『我等得好累，差點要睡著了。』

「拜託，妳這個玩笑太真實了。」

東彌聽著進門音效，穿過自動門。周圍沒有可疑的人影。

他沒有看到戴帽兒的女人，或者看似公安調查員的人。

『有什麼事嗎？你既然要占用我醒著的時間，應該有很豐厚的謝禮吧？』

「妳要我做什麼都行。」

『做什麼都行？是你說的喔。』

通話的對象是五辻真由美。

她是對東彌的人格發展有很大影響的人物之一，也是授予他能力的人。這名少女擁有「賦予能力的能力」這種稀有而強大的力量。

「賦予異能」代表什麼樣的意義？C檔案是「可預期會有超能力者資質的兒童資料」，光是這樣的內容，就吸引知名的跨國企業、世界數一數二的犯罪集團、以及各國情報機關的覬覦。

可以直接創造出超能力者的她，比C檔案更珍貴而有用。如果她的存在被發現，會有各式各樣的機構想要得到她，而且不擇手段，即使要殺死幾個人也划算。最強等級的超能力者，能夠名副其實地一人抵一國的軍隊。

因此，東彌不能讓栩辻未練，或者應該說是公安及內閣情報調查室知道她的事。當然也不能讓佛沃雷與阿巴頓這些黑社會組織知道。

戻橋東彌的最高機密及要害，既非他的能力是什麼或精神狀態，也不是過去的傷痕或家庭。

是五辻真由美這個人。

「嗯，做什麼都行。妳對我來說就是這麼重要的人。」

即使處在有可能把國家黑暗部分及黑社會都當成敵人的狀態，東彌的口吻仍舊很輕浮。

真由美不隱藏好心情，笑著說：

『你還是老樣子。你是不是也像這樣勾引那位小珠？』

「嗯，差不多。不過我剛剛被甩了。」

『哎呀，真不巧。你要喜歡誰是你的自由，不過我不希望你被其他人搶走。因為我也很喜歡你。』

「這是妳說的喔。真的嗎？」

『你說呢？』真由美迴避正面回答，做為回到正題的信號。『我依照你的要求調查過了。包括事件內容，還有鳥邊野弦一郎這個人物。』

五辻真由美罹患名為「克萊恩－萊文症候群」的難症。

不，正確地說，這只是醫生診斷的病名，並非事實。

她的睡眠障礙是能力的代價。她得到「喚醒他人能力」的力量，相對地背負「自己必須長時間沉睡」的代價。說來諷刺，睡眠中的她無法看到自己授予的異能達成的結果。

不論如何，她罹患疾病是事實。某天晚上入睡之後，下次醒來已經是一個多月之後這種情況也不罕見。

因為這樣的情況，真由美只要遇到症狀較輕的日子，一定會聯絡東彌。最近一次是在幾天前。當時東彌即將前去調查大學生連續可疑死亡事件，因此拜託真由美協助。

不用說，他並沒有告訴未練。請真由美幫忙收集情報的理由之一，就是「確認未練說的內容是否屬實」。

戻橋東彌可以憑他超越常理的力量看穿他人的謊言。然而，即使有騙人的意圖，也未必一定要有「說謊」的行為，只要讓對方自己誤會就行了。

在東彌眼中，未練正是有辦法做到這一點的人。

他在給予栶辻未練高評價的同時，也懷有警戒。

「副教授先生是什麼樣的人？」

『目前已經確認的是他在歐洲取得博士學位，受僱於現在的大學，另外還有他的研究內容。他的論文題目是《論網路做為現代公共領域的可能性》，還有《現代社會中的認同與魅力型權威》……這是以哈伯瑪斯、霍耐特等人的學說為基礎。雖然是承襲法蘭克福學派的學者，不過具有強烈批判性。或者應該說，他雖然對前人的理論表示理解，但似乎認為大多數人並沒有辦法真正理智地行動。』

「可以用我也聽得懂的方式解釋嗎？」

東彌用肩膀和耳朵夾著手機，開始閱讀週刊上自己關心的漫畫作品。他對艱澀的內容一點興趣都沒有，而且即使聽了也無法理解。一反在賭場的聰明伶俐，對於沒有興趣的領域一竅不通，也是這名少年的特徵之一。就連個位數乘法，他都未必回答得出來。

漫畫中的主角正在挑戰撲克遊戲。巧合的是，這項遊戲也和東彌今天玩過的一樣，是以一張紙牌進行的自創規則的賭博。

『呵呵。簡單地說，就是在研究市民之間的相互關係，以及受到掌權者和魅力型人物什麼樣的影響。他也分析了近年來國會選舉中新政黨的大幅成長。』

「再簡單一點，拜託。我現在正在看漫畫。」

『他在研究的是「如何操縱愚蠢的大眾」。』

這個歸納方式非常粗暴，不過東彌回答：

「這樣我就懂了。還有呢？有沒有什麼值得注意的情報？」

『雖然沒有寫成論文，不過他似乎對 Autonomous Sensory Meridian Response 也有興趣。』

「……呃，妳說什麼？」

『翻譯成日文，就是「自主性感官經絡反應」，也就是稱為ASMR的那個。』

「ＡＳＭＲ……好像是色色的錄音吧？」

『不是。不過不能否認，有很多那樣的作品流通。』

這個詞原意是泛指「讓大腦感覺愉悅的視覺與聽覺刺激」，譬如火堆燃燒的聲音、用剪刀剪紙的聲音，都能歸在此類，並挪用到所謂的「療癒音樂」當中。

『他對這個主題的興趣，似乎是當作研究魅力性的一環。他認為希特勒的演講當時之所以引起德國民眾的狂熱，或許不只是因為主義、主張之類的內容，就連談話的抑揚頓挫和聲音性質都有關係。』

「唔，也就是說，他在研究口才好的人說的話為什麼容易聽進去嗎？」

『簡單地說就是這樣。』

「也許直接去找他談談看，會比較容易理解吧。」

『畢竟你的搭檔實在沒什麼觀察力。』

雖然是尖銳的評論，不過應該沒說錯。

在身為賭徒的洞察力和直覺方面，東彌無疑更占上風。能否看穿對手的策略、能否盡可能掌握敵人的本質，正是在賭場生存最重要的關鍵。

「懷疑」已不只是正面攻擊，而是習性。不會對任何事物照單全收，不會只看表面也無法只看表面，徹底不信任他人，有時甚至連自己也不信任的態度——這樣的特質在賭上性命的生活中非常重要。這是雙岡珠子這樣的人無法理解的價值觀。

『在我看來，』真由美說：『毫無批判地信任他人，等於是放棄思考，代表這個人沒有主體性。相信他人的生活其實很輕鬆。對於不習慣的人來說，猜測言語背後的意義是很辛苦的工作。只要舉著「相信這個人」的正當理由，就能省去「懷疑」這項麻煩的工作。』

仔細檢查對方的言語、在理解不確定性之後仍選擇相信對方，或許可以稱作「信任」，但是，完全不去思考就接受對方的意見，只不過是盲從而已。不僅不高貴，甚至是愚蠢的行為。

更糟糕的是，宣稱自己信任他人的人，其實無意識中會區別「應信任的對象」與「不值得信任的對象」。人類並不像神佛般全知全能。要相信所有的言語，實際上是不可能的，一定會在某個地方出現矛盾。或者就如雙重思想（註9）般，思考本身就出現破綻。

『這是偏見和認知負荷、認知失調的議題。為了避免造成大腦負擔，只相信自己想要

◆註9：源於歐威爾的小說《一九八四》，指同時接受兩種互相矛盾的想法。

相信的東西、只看見自己想要看見的東西……真羨慕這種輕鬆的生活方式。』

「妳騙人。妳明明一點都不覺得羨慕。」

『呵呵，我是在諷刺。』

她也補充，大多數人都能像這樣毫無問題地生活。

這個說法並沒有太大的緩頰效果。大眾沒有意識到問題存在，不代表問題本身會消失；而且更重要的是，珠子不是「一般人」。她在情報機關這種特殊場所工作，無法看穿謊言是致命傷，名副其實地攸關生死。

『對了，你另外還拜託我調查什麼？』

「可疑死亡的那三個被害人，還有我們的上司。」

東彌壓低聲音對著手機說道。他自認沒有疏於觀察四周，不過還是不能不提防。雖說沒有可疑的人影，但是如果是專業人士，不可能會在跟蹤時令人起疑。

除此之外，如果講太久的電話，那個善良的女生會擔心。

『關於後者，目前沒有特別的情報。他從兵庫縣的國立大學畢業之後就當上公務員。表面上的經歷就只有這樣。』

祕密的經歷則又不同。未練還不到三十歲。如果他的說法正確，那麼他從十幾歲的學生時期，就已經踏入這個世界的黑暗面。

這是很可怕的事。可怕之處不在於他年紀輕輕就已知道黑暗世界的存在。這一點只要考量到「精神上不穩定的十幾歲時容易發現異能」的前提，並不算罕見。真正驚人的是，他在這個充滿異常與異形的常理外世界，生存了十年以上。

而且他不只是存活下來，還累積了足以爬上今日地位的戰果。

『他身為超能力者的別稱是「不定的激流」。比較有名的軼聞是，他曾經正面迎戰號稱最強超能力者的「壬生白狼」並且生還。雖然被評為性格溫和、作風穩健，但這是因為他拉攏敵人與第三勢力的能力很強。就像你們雖然對他懷有不信任與懷疑，但仍遵從他的指示。』

「這句話真刺耳。我自認盡量避免發展成和稀泥的關係。」

光從這樣的層面來看，未練或許確實比佐井征一更像情報機關的人。未練不以排除敵人為第一要務。即使會繞點遠路，他也會嘗試透過交涉來瓦解對手。這就是未練的作風。

聰明的官僚會讓政治人物選擇自己想要的政策。雖然表面上會提供多項選擇，卻會利用話術與資料的呈現方式，以魔術師誘導觀眾的心理手段引導選擇。政治人物成為愚蠢的傀儡，卻自以為是憑自己的意志贊同這項政策。

椥辻未練也是警察廳的菁英，因此這樣的手段可以說很符合他的身分地位。

『還有……跟剛剛提到的也有關聯的是，他似乎人脈很廣。他在黑白兩道、公家與民間、經濟界到網路論壇，各種地方都有關係。』

「這一點我多少可以理解。」

『關於前者，也就是三名被害人……老實說，沒什麼收穫。』

「沒有『遺失的環節』嗎？」

『我原本以為大概是漏掉了三人在網路上的連結，可是看來也不是這麼回事。我現在正在請人調查他們有沒有在具備公會系統和聊天功能的遊戲中交流過。也就是所謂的狩獵遊戲之類的。』

「咦？不是妳親自調查嗎？」

『我是透過他人來調查的。以池袋為根據地的情報業者，現在應該正在替我當駭客。』

「妳一整年都在睡覺，竟然還認識這麼厲害的人。」

『是我的朋友。不過也是透過網路認識的。』

人與緣分的連結，並不侷限於現實世界。在網路科技高度發展的現代日本，網路上的朋友往往比現實中的朋友交情更深。有不少網友是不知其本名與長相，卻熟知對方的情人、興趣等個人情報。

可疑死亡的三人或許有連結，只是警察漏掉了。既然在一般調查中找不到，恐怕是網路上的交流。

真由美如此預測，但是完全猜錯了。

『不過三人如果有關係……比方說，像推理小說常見的那種「其實在國中時期同班，曾經把同學逼到自殺」之類的關係，才比較奇怪吧。』

即使外人不知道，只要實際上有交情，自然可以解釋「三人為什麼被殺」，但會產生新的疑問：「為什麼會單獨前往熟人不自然死亡的教室？」一般來說，應該會提高警戒而避免接近才對。夥伴當中有兩人死亡的話，為了自衛甚至有可能會躲在家裡，或是尋求警方保護。

受害的三人會不會沒有關聯？

假設這些事件完全是隨機殺人，下一個問題就是：「為什麼以這三人為目標？」如果目的只是殺人，應該有很多更容易下手的對象，像是柔弱的女學生或體力衰退的高齡教授。也有不少人因為視覺或下肢障礙，即使被攻擊也無法立即逃跑。為什麼不找這樣的對象下手？

「我又不知道犯罪者的心情……」

『你當然不會知道。因為大多數的犯罪都是普通人做的。你要說是「普通」，未免太超過了一點。』

「真由美，妳認為犯人是普通人嗎？」

『目前還不知道。』

東彌把讀完的雜誌放回架上，前往點心區，拿了幾個巧克力與零食，直接走到收銀台。

他用未練給的手機傳簡訊說：『我要回去了。』不到一分鐘就收到回覆：『知道了。』

……就是因為老實相信這種東西，所以才危險。

他輸入：『小珠，我愛妳。』這是很有戻橋東彌風格的內容。

簡訊這種東西，任何人都能輸入。珠子知道的只有「簡訊從東彌的帳號傳來」的事實。她大概不會想像到，東彌有可能已經被殺害，簡訊內容是由犯人輸入的。

『犯人擁有超能力，這一點或許不能稱作普通。比方說，如果是「吸取他人生命力」這樣的異能，就可以理解為什麼都以年輕健康的男生為目標。』

在。』

「像吸血鬼那樣嗎？」

『姑且不論凶手的真面目，發生可疑死亡事件的地點「469教室」無疑是關鍵所在。』

超能力當中，也有只在特定場所有效的能力，就像結界一樣。有「只要有人踏入，就會被黑影妖怪不由分說地殺死」的力量，也有「待在這個空間時，自己的身體能力會提高」的例子。

這次的情況，至少可以確認是以進入469教室的人為標的。不過第一起死亡事件與第二起之間、第二起與第三起之間，469教室也有做為一般授課場所使用的期間，因此並不是「讓進來的人全都變得衰弱」的能力。如果是那樣的能力，就連刑警和東彌等人應該也會出現異常，畢竟他們今天踏入了那間教室。

如果是「當教室裡只有一個人的瞬間會產生影響」呢？雖然有可能，但這樣造成的傷害規模未免太小。可疑死亡的三人只是剛好獨自待在教室，不過除了學生之外，包括教職員和清掃業者都會出入這間教室，很難想像曾經獨自留在教室的只有這三人。

如果單純只是「依照超能力者的意志發動」的能力，就比較容易理解，但調查應該會很困難，畢竟沒有任何線索。已經發生三起事件，照理來說應該會有看到可疑人物的目擊情報，但連這樣的線索都沒有。

……那麼相反地，如果是「不在近處也能使用能力」呢？

這樣的情況，又得符合其他條件才行。即使可以遠距操作，犯人也必須先掌握「誰進了教室」。應該不太可能設置監視攝影機，如果有那種裝置，警察應該已經發現了。

『也許就像你的能力，有類似「對說謊的人有效」這樣的條件。』

「不論如何，必須先思考究竟真的是隨機殺人，或者是犯人依照自己的基準來選擇目標。」

東彌穿過便利商店的自動門，邊講電話邊走向辦公廳舍。

假設被害的三人沒有連結，就要看犯人是否有「一定要選這三人的理由」。如果有，就能夠擬定對策。接下來的目標想必是和這三人有共同點的人物。

然而，如果完全沒有理由，就會很難處理。就像近年來頻繁發生的「誰都可以」這種動機的隨機殺人事件，要預防實在是太強人所難。未練也說過，人類會因為任何理由憎惡他人。如果是「感覺好像被說壞話」這種基準，實在不是外人所能夠理解。

這時，東彌腦中突然產生某種連結。

「……咦……」

『怎麼了？』

「這起事件該不會是……」

沒有連結這一點，正是連結。

這樣想的話，就可以理解，也能夠領會了。

這個真相和目前已知的情報完全沒有矛盾。另一方面，東彌內心也不希望真的有這種事。那個善良的女生知道了，一定會否定說：「怎麼可能會有這種事！」

但戻橋東彌不一樣。

任何人都多少有一些瘋狂的特質，而他只是比別人更嚴重而已。

因此，他才能理解普通人的異常。

「……『犯罪預備軍』這種稱呼，真的很奇怪。」

『咦？』

「因為只要活著、和他人產生關係，隨時會有發生某種糾紛的可能性。」

大部分的犯罪都是普通人做的。

但是人們卻刻意迴避這一點，想要拿異常當理由。

……這樣的話，就能夠不去面對自己內心的邪惡。

回到休息室的東彌露出驚愕的表情。這或許是他今天最驚訝的時刻。

「戻橋，你回來得真晚。」

珠子在吃泡麵。

這是稍晚的晚餐嗎？不對，大約一小時前抵達這棟辦公廳舍的時候，兩人就在餐廳吃過飯了。現在就肚子餓，未免太早。又不是甜點，總不能說「有另一個裝拉麵的胃」吧。更何況珠子吃的分量是東彌的兩倍以上。

她的食欲明顯比以前更大，甚至讓東彌擔心會不會是生病了。

「該怎麼說呢，小珠……」

「怎麼了？還有，請你不要這樣稱呼我。」

「看妳吃東西的樣子，就讓我感到安心。」

珠子詫異地皺起眉頭，不過當東彌問她「待會兒要不要吃巧克力」，她毫不猶豫地點頭。東彌原本以為她應該已經飽了，只是開玩笑地問她，沒想到原先的預想一下子就被推翻。

對於這一連串可疑死亡事件的真相，東彌已經得到稱不上是推理，卻能毫無矛盾地成立的最惡劣預測，但他決定不要說出來。他並非確信，所以即使今天不說應該也沒關係。

他現在只想看著珠子幸福的側臉。

普遍存在之惡

「我是罪惡的承擔者。」
他正是背負罪惡，
擁有人類姿態的惡魔。
……然而，真的只是這樣嗎？

三天後，兩人再度前往那座校園。

他們準備周到之後重新展開調查。背後的理由，和同一天未練在附近執行其他任務有關。他說如果想求救可以聯絡他，接著又像平常那樣補充「不聯絡也沒關係」。東彌和珠子已經遭遇神祕的少女與佛沃雷的刺客，事件背後很明顯有內情。未練告訴他們，如果遇到緊急狀況，譬如遭遇魔眼的使用者時，即使要拋下自己的任務，他也會趕來支援。

佛沃雷原本就是身為公安幹部的他首先要處理的危險組織。魔眼也一樣，其危險與棘手程度，在眾多超能力當中也名列前茅。對於守護國家的人來說，是必須立即處理的惡徒。

不過未練也告訴他們：

「別忘了這項任務是給你們的測驗。如果你們覺得無法應付，可以求救，不過視情況有可能會降低我對你們的評價，甚至是整個公安對你們的評價。」

公安的「白色部隊」是標榜少數精銳的組織，他們沒有多餘的人力去救累贅，不需要無能者，沒用的人連湊人數都派不上用場。

這項任務原本就有很大成分是在測試實力，檢驗戻橋東彌與雙岡珠子兩人的能力到什麼程度、能夠應付什麼樣的狀況。如果沒有遇到太大的危機就求援，必然會得到「只有這種程度」的評價。

用嘴巴說可以信口雌黃。如果言行不一致，隨時有人可以替代。他們被要求的是符合其決心的實力。

「我想問一下，如果我們硬是逞強結果死了，監察官先生會有什麼感想？」

「我會覺得你們很蠢，連自己的力量都無法掌握。不過這種事，你應該很擅長吧？」

關鍵時刻的求勝直覺，就是要能夠正確理解自己能力所及的範圍，推測對手的能力，腦中思考各種對策，違背並超越敵人的預期，讓勝利女神站在自己這一邊，或者即使運氣不好也能憑出牌方式周旋。

說到底，就是能不能奪得勝利。

這就是所謂的「指運（註10）」。當手中有兩張牌效率完全相同的牌時，要出哪一張

◆註10：原指下將棋時，終局時間緊迫而無法仔細思考，便憑直覺下棋，下得好則稱「指運佳」。

牌？在關鍵場面是否能夠避免得到反效果，朝勝利邁進？這時就需要憑藉感覺。這是機率與常識無法測量的「預測命運」能力，和超能力不同，但都是超越常理的力量。

判斷勝負關鍵的眼睛、掌握勝利的手，還有願意為自己的決心殉死的心，這些是在死亡線上求生存的必需品。

是成功還是失敗？要加注還是要棄牌？要賭還是要退出？

這正是賭博的本質。

也是戻橋東彌喜歡的生存方式。

他們在時鐘的指針指向三點時抵達大學。

由於剛開始放暑假，校園內一片靜寂，彷彿平日的喧囂都是假象。從操場傳來運動社團社員的吆喝聲，感覺格外遙遠。

他們窺探不時傳來哄堂大笑的教室，只見男學生友好地交換收藏卡，幾個女生則忙於討論並製作資料，大概是某個社團的活動。

珠子忽然摘下太陽眼鏡。從窗外照射進來的陽光很刺眼，盛夏似乎已經來臨，樹木受到陽光照射，彷彿在發光一般。

「小珠，妳好像不太適合戴那種東西。」

「雖然我不願意承認，不過你好像很適合。」

東彌高興地說「謝啦」，重新戴上剛買的運動用太陽眼鏡。

為了預防魔眼使用者出現，他們買了太陽眼鏡做為最低限度的防禦對策。如果是像威廉・布拉克那種「能夠影響四目相交的對象」之類的特異功能，或許可以藉由有色眼鏡來防衛。

兩人走在新蓋的建築內，來到三樓時，遇見認識的面孔。

「怎麼搞的？內閣情報調查室又來調查了嗎？」

「就是這樣。」

說話的是在那間教室認識的刑警。他帶著和上次一樣的年輕男子，兩人或許是調查時的搭檔。

「我們今天也從早上一直在調查……可是還是不行，完全沒有任何線索。過了四十九天，那間被詛咒的教室好像也要開放了。」

或許是為了隱藏內心的不甘，刑警用開玩笑的口吻說。

沒錯，之所以選擇今天的這個時刻，不只是因為「未練在附近有任務，可以請求支援」。今天過了中午，469教室的禁令就要解除了。今後會像之前一樣，做為一般教室使用。

也就是說，犯人也更容易再次犯案。如果教室仍舊禁止進入，不僅出入時會遭到懷疑，也不容易引誘獵物進入。

——如果還有下一次事件，會在今天之後發生。

東彌如此確信。

「那我們要回去了。幫我跟那位警視先生打個招呼吧。」

刑警以傳話代替道別，走下階梯。看似後輩的年輕人也鞠了個躬後，立即跟隨他下樓。

「……也許應該請他們留下來。」

「什麼？」

珠子聽到東彌喃喃說話，轉向旁邊，看到他英俊的臉龐蒙上陰影。真難得——珠子在感到疑惑之前，為了他竟然也會出現這樣的表情而驚訝。

在上次事件中，戻橋東彌這個少年不論何時都顯得很愉快，即使身在危機當中，仍舊保持欣喜的笑容。處在死境的興奮感燃燒他的腦袋，因為死亡逼近而感受到的生命帶給他愉悅。

然而今天不一樣。他雖然沒有表現出恐懼，但明顯在警戒。

不過珠子發覺到一件事，因此能夠理解。

——對了，這次不是我方準備的舞台。

她想得沒錯。在上次事件中，不論是和一之井玩撲克、和布拉克進行死鬥、或是和佐井對話，都是由東彌掌握主導權。他使用各式各樣的伎倆，設下陷阱誘導敵人，從而摘奪勝利。

「不挑戰沒有勝算的賭局」是這名年輕賭徒的信條。這裡所說的勝算與陷阱同義。

這次則是在敵方陣地，這裡是絕對的客場。犯人比他們更熟悉環境，在校園內能準備的東西也很有限。由於不知道對方能力的詳細內容，因此也無法擬定對策。如果是賭博，或許能站在對等的立場對決，但對方根本沒有必要接受那樣的賭局。只要判定兩人是敵人，大概就會直接展開戰鬥。上次遇到的柊正是如此，沒有交涉的餘地。

因此，東彌說出接下來的話也是必然。

「那些刑警或許對超能力一無所知，不過，一旦演變為砍殺的場面，應該會幫助我們。像那個拿刀的女人，有警察在的話也沒辦法公然行凶吧？就這點來說，他們光是留在大學就有意義了。」

「你說得沒錯……可是他們也可能被波及而受害吧？敵人可能認定幫助我們的那些人也是敵人，因此攻擊他們。」

「小珠，妳都不會去想『這樣一來自己成為目標的機率就降低了』，或是『多一個擋箭牌』，真是好人。」

「請你不要把『好人』當作壞話！」

和樂的對話因為眼前的人物出現而中斷。

戻橋東彌或許是憑不可多得的感受力察覺到會遇見對方，因此才在警戒吧。

「……烏邊野……弦一郎！」

和上次一樣穿著白衣的副教授看到兩人，便以手掩口，發出「呵呵呵」的笑聲。

看到他的瞬間，東彌便理解了。

同類、同族、同系統……怎麼稱呼都不重要，唯一能夠斷言的是，眼前的男子和自己屬於同一類人，具有決定性的缺陷而超出常軌。就連周遭的空氣都彷彿呈現出其異常程度。

正因為是在死線起舞、愛好死鬥的東彌，才能明確理解，這個男人和自己一樣，沒有崇高的意志和高尚的決心，只是不在乎拋棄生命而已。他為了滿足心底的衝動，能夠拋棄一切。

弦一郎停下前往電梯的腳步，對他們說：

「叫住別人之前，應該至少先報上名字吧？」

他的態度和三天前一樣。珠子也同樣說聲「失禮了」，為冒犯對方道歉。

「我是雙岡珠子，上次謝謝您撥空與我對談。旁邊這個男生是──」

「我叫東彌。你是副教授先生吧？請多多指教。」

東彌蓋過珠子的聲音報上名字，並向前走出一步，就像是要遮蔽男人朝向珠子的視線，或是要保護她。

「……我是鳥邊野，鳥邊野弦一郎。」

「嗯，我知道。」

「今天有什麼事？跟上次一樣嗎？」

「是的。今天我也是為了內閣情報調查室的調查來拜訪。」

「真是辛苦了。」

「副教授先生，我有事要拜託你。」

面對瞇起眼睛的弦一郎，東彌繼續說：

「上次你好像跟小珠談過，今天跟我談吧。」

「呵呵呵……別看我這樣，其實我也很忙，得改考卷才行。」

珠子以為會被鳥邊野拒絕，正要思索偵訊的藉口，卻出乎意料地得到「不過沒關係」的回答。

「可以到我的研究室談嗎？不過我得邊談邊改考卷。」

＋＋

從東彌等人前往的大學最近的車站步行幾分鐘，在集結家電量販店、藥局、百圓商店、書店等幾乎所有學生所需物品的商店街一角，座落著那家店。

這家店沒什麼大不了，只是一家很普遍的漢堡連鎖店。硬要舉出特別的地方，就是位於半地下空間，不過也只有這樣。這是一家任何一條街上都有可能看到的速食店。

自動門打開，一名男人拿著兩公升寶特瓶走進來。面對不太守規矩、帶飲料進入餐飲店的客人，女店員仍舊笑容以對。由於現在是平日午後，店裡沒什麼客人。男人點了香草奶昔和起司漢堡，在邊緣的椅子坐下。

他身穿西裝，沒有打領帶，戴著方形眼鏡，看上去像是 Cool Biz（註11）打扮的市公所職員來休息，不過正確的只有「公務員」這一點。

男人——椥辻未練——是公安警察的一員，隸屬於超能力者處理部門，目前是擔任內閣情報調查室監察官的菁英。

「是的。你知道嗎？我說的是在站前的拉麵店。那個地點的上一家店、還有上上一家店聽說都是拉麵店，可是每次都倒閉，然後立刻又有別家店進駐。真是不可思議。」

在他旁邊坐下的一名客人開始說話。

未練把視線朝向說話者，看到一位髮型很有特色的少女。

看來應該就是她了。

這個年紀很輕的女生就是未練今天的會談對象，也是佛沃雷的使者。

◆註11：日本為了節約能源，在夏天鼓勵穿著較為輕便的服裝上班，譬如短袖上衣、不打領帶等。由小泉內閣於二〇〇五年夏天開始提倡。

「拉麵店的程度就等這項任務結束之後再去確認，先來談正事吧。」

「好的。」

她邊回答邊吃薯條，一次拿起一根小口地吃，或許是食量很小。

「看樣子，妳是一個人來。」

「是的。你似乎也只有一個人。」

「妳以為我會帶武裝的警隊過來嗎？還是以為這家店本身就是陷阱？」

從法國電力公司傳到華爾街的投資家，再經由日本投資家傳到經濟團體聯合會，經由各國的各種組織成員傳來的訊息非常簡潔，就是「想要交換情報」。

指定場地的是這名少女。話說回來，日本是未練的主場，只要動用公家機關的力量與地下組織的連結，處理一名超能力者相當容易。雖然可能會出現犧牲者，但敵人是世界級犯罪組織的成員，非常值得。

然而少女平淡地回答：

「怎麼可能？我的目的是交換情報，沒有這種必要。」

「就算妳這麼想，我們這邊未必有同樣想法。只要我有那個意思，可以動用一個師的武力。」

「是的，我知道，不過那種事不可能。」

她喝了一口可樂潤喉，如此斷言。

「我是為了談話來到這裡，而你也坐到談話桌前。」

栩辻未練受到高度評價並且被畏懼的地方，不是他的學歷、地位或異能。這些能力在論及他這個人時，只是微不足道的要素。

這名男子的真正價值，就是人際關係。他擁有人脈，也具備交涉技術，往往將第三勢力也納入己方，有時還能與敵對人物共同戰鬥。事實上，他此刻也正在和佛沃雷這個犯罪組織交換情報。

然而，一旦在交涉場合行使暴力，這個難能可貴的力量就會立即消失。

在以「協商」為前提的場合使用武力，即使在當時能夠一意孤行，今後一定不會再得到信任，原本建立的關係會有一大半都失去意義。「這個男人在關鍵時刻會動用暴力破壞協商」、「這個人不會遵守約定」——一旦被貼上這種標籤，就沒有人會再和未練進行交涉了。

雙方之所以夾著超出必要的傳話者，也是基於這樣的理由。

兩人的會面，亦即「『白色部隊』的栩辻未練和『佛沃雷』的人見面」的傳聞，已經傳遍各地。在這樣的情況下，少女如果受到危害，就會形成「栁辻未練是不可信賴的男人」這樣的共同認知。未練不會想要見到這樣的情況，因此想必不會行使暴力。這就是少女的判斷。

「言歸正傳，今天的目的是交換情報。我會說出我知道的情報，也希望栁辻先生能說出你所知道的情報。」

「妳指的是關於那間大學發生的連續可疑死亡事件，還有C檔案吧？」

「是的。你知道多少？至少應該知道這兩個案件有關吧？」

栁辻未練沒有回答。

他只是帶著淺笑，咬下漢堡。

++

鳥邊野弦一郎的研究室位於最高樓層的九樓角落。

東彌和珠子被迫暫時在研究室門口等候。根據煞有介事的傳聞，大學教授有很多不擅長整理的人，弦一郎似乎也是如此。從打開的門縫可以窺見室內散落著資料摘要和檔案夾，書架放不下的書堆放在地上。

「至少也該買個新書架吧？」

東彌發出這樣的感想，不過珠子知道他房間的地板上也堆著漫畫，沒有資格說別人。

幾分鐘後，門打開了。乍看之下並沒有經過整理，但是訪客用椅子上的文件已經拿開，好歹稱得上是清出了可以坐下來談話的空間。

「請進。」

「打擾了。」

「等等，我並不打算准許妳進入研究室。」

「咦？」

珠子感到困惑。弦一郎對她說：

「我只同意那名少年『今天跟我談』的要求，不打算跟妳談話。妳在外面等吧。」

「這是什麼詭辯！」

東彌的體能絕對稱不上優越，也沒有戰鬥技術。如果弦一郎正如他自稱的，確實是犯人，即使他對東彌行凶，珠子隔著門也無法立即保護東彌。這樣一來就失去兩人一組行動的意義。

更何況這間研究室可以說是這個男人的城堡，就算設有任何陷阱或圈套也不奇怪。

「我知道了。我自己一個人進去吧。」

「戻橋！」

「不要緊，小珠，我只是要跟他談一下而已。」

難道他沒有認清眼前的危險嗎？

不，他是在充分理解之下這麼說的。就像是要對抗弦一郎超乎常軌的壓力一般，輕佻、開朗、卻又不隱藏空虛瘋狂的本性。

「談妥了嗎？放心吧，我不會使用暴力。」

「你說的喔？」

「呵呵，呵呵呵……」

東彌彷彿被他的竊笑邀請般，踏入研究室內。

門關上，走廊上只剩下珠子一人。

「隨便找地方坐下來吧。」

「謝謝你，副教授先生。」

話說回來，可以坐下的地方只有眼前的折疊椅。隔著長桌的對面有放置電腦的桌子與看起來很高級的辦公椅，但那應該是弦一郎的座位。

這房間很小，大概比東彌的住處還要小。社會學系的大學教授研究室通常都像這樣。如果是理科，就需要放實驗器材的空間，但社會學科主要在進行文獻探討、田野調查與統計分析，因此只需要放書的空間和工作用的電腦就行了。

話雖如此，書架的容量並不夠。這也是大學教授常遇到的情況。

兩邊的牆壁擺著鋼製書架，架上毫無縫隙地排列著書。其中有馬克思、韋伯、涂爾幹等社會學巨人的論文，這點也和其他社會學者相同。旁邊放了《我的奮鬥》(註12) 雖然有些稀奇，不過考量到他在研究掌權者，應該也算是很正常的參考書籍。

「可以放音樂嗎？」

東彌點頭。弦一郎移動滑鼠，書桌兩旁的音響就以大音量播放 Techno 音樂。隔壁研究室感覺應該會提出抱怨，不過這方面或許已經協調過了。

◆註12：希特勒的自傳，其中也包含其政治觀。

……他看起來不像是喜歡這種音樂的人。

說得更正確一點，他看起來不像是對音樂這種娛樂有興趣的人，靜靜地抽菸比較符合他的形象。事實上，室內的確殘留著菸味。校園內明明全面禁菸，但是他似乎並不在乎。

「你知道 Rave 這樣的活動嗎？」

「好像是一整晚跳舞的舞蹈活動吧？」

「我不懂音樂，不過對於為此狂熱的民眾很有興趣。所以只要有空，我就會像這樣播放音樂並分析。」

「也會製作ＡＳＭＲ嗎？」

「那是研究的副產品。不過一般流通的作品並沒有什麼值得特別討論的地方。」

他從書桌取出一疊答案紙，繼續說：

「在聲音擾亂意識的狀態，低聲述說肯定的話語……這是暗示的一種。拷問也有這樣的手法。把人逼到極限，然後再溫柔對待。滋潤乾枯的自我意識的一滴水，最終會成為劇毒。人處在精神被逼迫到邊緣的狀態，就會乖乖接受命令。」

「也就是說，對象是在學校或公司的日常生活中，精神耗弱的人嗎？」

「沒錯。人類是尋求認可的動物。自我肯定感低的人，這種傾向尤其顯著。」

譬如偶像在握手會上說的話，不正是如此嗎？「多虧有你的支持，我才能繼續從事演藝活動。」這是至高無上的肯定語言。再加上性魅力這種刺激生物本能的要素，以及趣味內容等讓人忘記無聊日常的東西，就足以稱為滿分了。

弦一郎說，過去的獨裁者也一樣。以「我們是優秀的人種」肯定聽眾，就能同時產生連帶感；呼籲「我們需要各位的力量」，就能夠滿足聽眾獲得認可的需求。結果思想會變得激進，行動也會變得狂暴。

不，反體制派或許也一樣。藉由「察覺到社會有問題的你，才是正確的」這樣的評語，試圖得到支持。

「做為影響他人的新型態，我注意到ＡＳＭＲ，不過基本架構沒有任何改變——有許多人想要得到認可，也有某人會給予認可的語言。就這麼簡單，沒什麼收穫。」

弦一郎宣布這個話題結束，然後拿出撲克牌。

「戻橋東彌，我知道你想要問什麼。」

「哦？」

「『我是犯人』這句話的真正意義，還有我和這起事件的關聯……大概是這樣吧？」

「嗯，沒錯。」

「但是，只回答問題太無聊了，而且我想要在今天之內打完分數，沒時間慢慢聊。」

不過，我對你很有興趣——他補充這一句。

如同東彌，弦一郎大概也察覺到眼前的少年和自己屬於同一類人。

身為人類的存在方式和他人有絕對性的差異，欠缺原本應有的「某樣東西」，也因此絕對無法過「普通生活」，只能過著被稱為無賴的異端生活。

「你和我應該都不是輕易相信對方發言的人吧？」

「的確。」

「……那麼，你知道我要做什麼嗎？」

「嗯，賭博——對不對？」

以賭博決定一切。

東彌如果贏了，弦一郎就會回答問題；弦一郎如果贏了，東彌就要離開。

即使東彌贏了，也無法保證弦一郎不會說謊；即使弦一郎贏了，東彌也未必會離開。

然而，即使發生那種事也沒關係。在違背承諾的瞬間，只需判斷「這傢伙賭輸了還不認帳」就建立了評等。這種人即使殺死對手，也會一輩子被輕視，必須永遠懷著自卑感生活。

正因為是相近的存在，因此能夠理解，即使天搖地動也不能認同這種事。輸掉沒有關係，但如果扭曲生活方式，就會否定存在本身。

也因此——

「遊戲是ＩＱ撲克。你玩過一次，應該知道規則吧？」

弦一郎為什麼會知道東彌和假扮算命師的少女賭博的內容？如果東彌贏了，應該會連這個問題一起問。

不，在這個瞬間，這種事已經不重要。

少年泛起空虛的笑容，男人則露出無懼的微笑。

笑。嘲笑。譏笑。

即使笑著，兩人的想法都一樣——絕對不能容許同類的存在。

ＩＱ撲克。

根據那名少女的說法，這是「用一個問題掌握關鍵，以一張牌進行，測試智力的撲克遊戲」。

使用的牌只有十四張：一種花色的十三張牌，加上一張鬼牌。以三回合決勝負，不能加注也不能棄權，算是很特別的撲克遊戲。

不過這次只有一項規則不一樣。

「你不覺得很無聊嗎？不論是自己或對方，一旦被發到『3、4、5』這個最弱牌組，就註定輸了。不能否認，賭博的樂趣在於運氣，但這樣未免太掃興。」

「那要怎麼辦？」

「規定『發到的三張牌當中，一定要換一張牌』。」

設定這條規則，會產生什麼樣的變化？

假設自己拿到的牌是Q、K、A，對方則被發到3、4、5，根據以前的規則，自己已經確定贏了。因為不論是什麼樣的組合都不會輸。

然而，如果「一定要換一張牌」，事情就不一樣了。

在Q、K、A的陣容當中，一定要捨棄一張牌。在此同時，對方也可以從3、4、5的牌當中換一張。

剩餘的牌是2、6、7、8、9、10、J還有鬼牌。如果換掉Q的自己抽到2，換掉3的對手拿到鬼牌，勝負會立刻變得混沌不明。

2只能贏鬼牌，因此一敗是註定的。然而，如果對手從剩餘的七張牌當中抽到鬼牌，又另當別論。七分之一，算是有充分可能性的機率。自己手中的牌是2、K、A，如果能讓2碰到鬼牌當然很好，不過要是A碰到鬼牌那就太慘了。在A這張強牌輸掉的同時，由於2只能贏鬼牌，因此註定會敗北。

「只要新增強制換一張牌的規定，就會令人全身顫抖吧？」

「的確。其他規則沒有變更嗎？」

「嗯。你有什麼要求嗎？」

「為了避免 Second Deal 之類的作弊，應該把十四張牌排列在桌上，一張一張拿。」

「我知道了。」

就這樣，兩名異端者的撲克遊戲開始了。

這次的ＩＱ撲克遊戲流程如下：

首先，「彼此洗過十四張牌之後，排列在桌上」；接著，「輪流拿一張牌，總共選三張」；最後，「從三張牌當中捨棄一張，抽新的牌」。另外，為了避免調包等作弊行為，捨棄的牌要公開。

接下來的三回合和上次相同，「後攻者出一張牌，牌面向下」；接著，「先攻者提出問題，後攻者回答」；然後，「先攻者出一張牌，牌面向下」；最後，「彼此亮牌，決定勝負」。這樣的過程反覆三次。

「開始吧。」

「嗯。」

十四張撲克牌排列在桌上，兩人輪流選牌。

東彌已經仔細確認過這不是透視撲克牌，也沒有找到背後（譬如門上）設置了監視攝影機，或顯示在電腦上的機關。話說回來，警戒絕對不嫌多。他瞥了一眼選擇的三張牌，立刻把牌面朝下。

東彌拿到的是A、6、2。雖然不算最好的牌，但也不到束手無策的地步。這是足以一決勝負的牌。

「我換掉6吧。」

捨棄6，重新選擇一張，抽到的是J。在有可能抽到5或4等比6還小的牌的情況下，他拿到了花牌，可說是非常幸運。

弦一郎捨棄的是9。

……「捨棄9」這件事，大概意味著剩餘的兩張牌都是10以上。

這個遊戲並沒有規定一定要換掉最弱的牌。依據規則，如果手中的牌是5、9、K，也可以換掉9，不過這樣的可能性應該等於零。

如果是一般的撲克，即使沒有湊成任何牌型，也可以刻意只換一張牌，假裝湊到很強的牌型，逼迫對手棄權，然而「IQ撲克」無法使用這樣的戰略。在這個遊戲中沒有「退出」的選項。

……換掉9代表他拿到很強的牌，不過這次換牌也有很大機率抽到8以下的牌。

IQ撲克使用的是A到K的十三張牌和鬼牌。

東彌拿到的牌是A、6、2。他捨棄6，抽到J。弦一郎換掉9，剩下的數字是3、4、5、7、8、10、Q、K、鬼牌。假定弦一郎手中的兩張牌都是10以上，那就是10、Q、K、鬼牌四張牌當中的兩張。假設他手中的牌是Q和K，剩下的牌就是3、4、5、7、8、10、鬼牌。抽到比9大的牌的機率是七分之二。

可以確定的是，弦一郎手中的牌是兩張花牌加另一張牌。

……最糟糕的情況下，東彌有可能已經輸了。

如果弦一郎的兩張牌是Q和K，而他換掉9之後抽到的是鬼牌，那麼只有A、J、2的東彌就沒有勝算。他要挑戰的是有七分之二的機率已註定敗北的賭博。

「哈哈。」

東彌不禁發出笑聲。

這的確會讓人顫抖。他感到熱血沸騰，腦漿好像也煮開了。這樣的不確定性才是真正的賭博。信任自己的雙手，拚命朝著勝利伸出手，然而這樣的努力有可能完全化為泡沫。這樣的悖德感，以及與毀滅為鄰的喜悅——

他幾乎要說出「太棒了」。

「呵呵呵……你似乎很高興。」

「副教授先生，你自己還不是抬起了嘴角。」

「失禮了。」

震動空間的電子音樂加快節奏，宛若配合著加速的心跳。輕快的貝斯足以將細微的聲音抹去，聽起來像是在吹散不安與恐懼，催促著：「賭吧！戰鬥吧！」

後攻的東彌出了牌。

弦一郎雖然檢視著申論題，不過仍機伶地觀察他的臉色。

先攻的弦一郎接下來要從三個問題當中選擇一個詢問東彌。

「你手中有鬼牌嗎？。」

「你出的牌是奇數嗎？。」

「你出的牌是花牌嗎？。」

他必須從這些問題當中選擇一個提問。

弦一郎不知觀察到什麼，開口說：

「我的問題是：『你手中有鬼牌嗎？』」

「……知道了。我的回答為『不是』。」

白髮的男人再度發出笑聲，然後出了牌。

「ＩＱ撲克」遊戲的重點是透過提問猜測對方手中的牌，不過當戻橋東彌玩這個遊戲時，情況則不同。

東彌能夠憑超能力看穿對手的謊言，相對地，他付出的代價是無法說謊。雖然自己必須隨時說實話，但也能讓對手的唬人手法變得無效，心理戰術的一大半都會消失。

第一回合。

東彌出的是J，弦一郎出的則是Q。

「我輸了。」

「的確。」

東彌並沒有放鬆警戒。他繃緊神經，並不是因為輸了，而是因為某種可能性實現了。在蒙上色彩的昏暗視野中，烏邊野靜靜地繼續觀察。

東彌在聽取這項遊戲的說明時，就察覺到某個唬人手法的存在。

……當自己手中有鬼牌時，詢問對手：「你手中有鬼牌嗎？」就可以不說謊而進行心理作戰。

這是什麼意思呢？

如前所述，東彌可以藉由應用自己的異能，看穿他人的謊言。

然而假設弦一郎手中有鬼牌，卻選擇「你手中有鬼牌嗎？」這樣的問題，乍看之下好像在說謊，實際上卻不是。弦一郎提出的是問題，不是謊言。

他只是問東彌有沒有鬼牌，並沒有說「自己沒有鬼牌」。也就是說，這不是謊言，東彌也無法看穿。

……這點程度的規則漏洞，這個人應該會發現。

姑且不論一般人，如果是同類的人，沒有發現才奇怪。這是與異能無關、在一般遊戲中也有效的唬人手段，因此應該在想像範圍內。

剩下來的兩回合當中，一次都不能輸，而且兩張當中有一張是只能贏鬼牌的２。弦一郎的手中如果沒有小丑，東彌就沒辦法贏。

然而東彌很篤定，對方一定有鬼牌。

東彌雖然沒有確切證據，卻很矛盾地相當確信弦一郎手中有鬼牌，而且是在最初發到的三張牌當中。就是因為察覺到這一點，東彌才留下２，換掉６。

東彌不是憑常識或機率，而是憑超乎常理的靈感猜測的。

問題在於剩下兩回合當中，對方會在什麼時候拿出鬼牌。

第二回合。

後攻的弦一郎毫不猶豫地出牌，然後用右手遮住嘴巴。他是在設法掩藏無法壓抑的笑意嗎？或者只是裝模作樣？他是因為「我出的是鬼牌，你一定會輸」而得意地笑，還是刻意讓東彌這麼想，想要設法釣出2這張牌？

站在弦一郎的立場，一定會認為自己絕對有利。假設東彌沒有2，他只要出鬼牌就能確定獲勝；就算東彌有2，如果碰不上鬼牌也沒有意義。

「……決定了。我的問題是：『你出的是花牌嗎？』」

「呵呵，呵呵呵……」

弦一郎笑著掩住嘴巴，低下頭。

「不是。」他的聲音雖小，但東彌確實聽到他如此回答。

他沒有說謊。

東彌有不好的預感，但也只能前進。這場遊戲沒有棄權的選擇，他只能與自己的推測同歸於盡。既然感到恐懼也沒用，乾脆就捨棄這樣的情感吧。

東彌出了牌，然後兩人揭開自己的牌。

「……啊！」

東彌出的是A，能夠贏鬼牌以外所有的牌。

然而——弦一郎出的是鬼牌。

✢

珠子看到從室內走出來的東彌面帶笑容，鬆了一口氣，但沒想到東彌第一句話就有些靦腆地說：「我輸了。」

他賭上質問對方或離開一決勝負，結果卻不理想。

珠子無法相信。如果是其他方面就算了，沒想到他竟然會在賭博輸給別人。

「這個……該怎麼說呢……原來連你也會輸啊。」

對於珠子的話，東彌以一副「妳在說什麼傻話」的表情回應：

「賭博總是會有輸的時候。如果有人沒有輸過，那只是沒有賭過而已。不戰鬥的話什麼都得不到，但是也什麼都不會失去。或者……」

「或者？」

「是真正的天才。」

「你的意思是，你不是？」

「不是。其實我反而滿常輸的。」

他笑著按下電梯的開門按鈕。

從他身上看不出悲壯感。他看起來很愉快，言外之意好像在說，自己根本不想要唾手可得的勝利，只想要拚上性命去賭博。這樣的說法，很符合拋棄「理所當然的人生」這種平凡但尊貴的榮耀的人。

「雖然聽起來像是輸不起，不過我覺得自己今天輸了是一件好事。」

「就是所謂『有價值的一敗』嗎？」

在無聲移動的電梯中，東彌誇張地揮手說：

「不是這個意思。就像我剛剛說的，我常常輸，不過唯一能自豪的地方，就是『遇到不贏就完蛋的賭博一定會贏』。」

不論是上次的事件，或是昔日賭上單眼的時候，他在關鍵時刻總是獲勝。

在應該賭上性命的場面賭上性命，並且一定會贏，這也是身為賭徒的資質吧。

「這次我即使輸了，也只要像這樣乖乖離開就好。這是可以輸的賭博。當然如果能贏還是最好……不過也有收穫。」

「收穫？」

「嗯。那位副教授先生知道我的能力，還讓它失效。」

第二回合，東彌問「你出的是花牌嗎」，弦一郎回答「不是」，出的卻是鬼牌。他破解了應用「操縱說謊的人」這項異能得到的「看穿謊言的力量」。

那名假扮算命師的少女或許是弦一郎的手下。她果然也知道東彌的能力，並且為了調查發動條件，找了各式各樣的理由向他挑戰賭博。

或者他們也可能一開始就猜到了大概。

「請等一下！讓能力失效固然值得驚訝，但是你的能力被知道，該不會意味著公安內部有間諜……」

「嗯，甚至有可能是那位監察官先生背叛了我們。不過，我覺得不是這樣。更重要的是——」

他在繼續說話的同時，電梯抵達四樓。

既然沒辦法從弦一郎口中打聽到情報，剩下能做的就是再度調查現場。如果能夠在校園中四處走動得到有益的情報就好了，但應該沒有那麼幸運的事。

「應該說，過去怎麼都沒有被發覺。仔細想想，我的能力只要是直覺敏銳，並且能夠細心去打聽的人，應該就能預測到了。」

「你是指調查你的過去嗎？畢竟異能是由當事人的心願成形……」

「我不是在說這個。妳稍微想想看吧。我也在反省像那樣使用能力。」

禁止進入的公告雖然不見了，但室內也沒有擠滿人。會想要造訪死了三個人的教室的，大概只有愛好恐怖小說、膽子很大的傢伙。更重要的是，現在是暑假，本來就很少人會來使用大學設施。

不過意外的是，469教室內已經有先到的訪客。

「呃……抱歉，這間教室接下來預定要使用。」

教室裡的少年不知是否怕冷，明明是盛夏還穿著長袖連帽外套，一臉歉疚地低頭道歉，彷彿可以聽見連連鞠躬的聲音。

教室中央設置投影機，將電腦畫面投射在白板上，看來是用 PowerPoint 製作的資料。現在雖然是空白畫面，不過只要按下鍵盤，應該就會顯示投影片。

「這樣啊。」

珠子只說了這麼一句話，然後觀察這名少年。

不論是畢業論文發表或社團活動，會刻意選擇這間教室嗎？珠子雖然懷有這樣的疑惑，但在沒有確切證據的階段，提出有的沒的抱怨也有些過意不去，更不希望犯人因此察覺到「這兩人在調查可疑死亡事件」。

……先默默離開，然後跟蹤這個男生吧。

然而，一旁的東彌卻無視珠子的想法，笑著說：

「如果你不介意的話，可以讓我們看看這份投影片嗎？」

不論是上課或社團都不重要。如果這不是避人耳目用的道具，而是因為需要而準備的器材（也就是說，真的打算要使用這間教室），那麼應該可以展示投影片內容才對。東彌的問題是考慮到這點而提出來的。

意外的是，穿著連帽上衣的少年爽快地回應：「可以呀！」接著開始操作電腦。

「……戻橋，看來好像猜錯了。」

珠子小聲對東彌說。

「小珠，妳先到外面。」

東彌同樣以悄悄話的聲量對她說。

珠子感到詫異，想要詢問理由，但是太遲了。

冷靜想想，這也是理所當然。

可疑死亡事件全都發生在這間教室，這間教室很顯然有鬼，而在這樣的地方有人。如果犯人的異能是「不讓對方離開房間，並奪取其體力」，那麼兩人一旦同時進入教室內就很危險。再加上，這裡現在設置了電腦和投影機。

束縛對方、使之無法出去的能力發動條件，假設是——

譬如讓對方看某樣東西……

「想看就給你們看吧，這會是你們最後看到的景象。」

投影片開始播放，燈光有一瞬間變暗。「快點出去！」東彌大喊，珠子拔腿奔跑。然而，她看到了。在只剩幾步就到教室外面的地方，她認知到了映在白板上的一排文字。

——『你無法離開這裡。』

她的身體變得僵硬，雙腳絆住而重重跌倒。在她背後，東彌也倒在地上。

糟糕，搞砸了，他們被對手占得先機。這時候才發覺，已經太晚了。真的是「駑鈍」。

珠子好像遇到鬼壓床一般，連指尖都無法動彈。嘴巴和眼球似乎可以正常活動，但因為太過混亂與困惑，因此也等同於無法運作。

「唔、啊……」

這時她才理解，戻橋東彌是為了避免這種狀況，才那樣命令她。

在那名少年設置投影機並爽快答應讓他們看投影片的階段，東彌就察覺到：「會不會是讓對手看某樣東西便能發動的能力？」不過，為了避免敵人發現他已經察覺到了，才小聲對珠子說「快點出去」。

──『你會衰竭而死。』

這樣的理解來得太晚。

現在，她也了解到事件的真相。

可疑死亡的三人是被這項能力囚禁在教室，持續剝奪體力。墜樓死亡的少年當時大概剛好在窗邊，本能地想到「必須出去才行」而跳下去。被打死的被害人身上為什麼沒有防禦性傷痕？很簡單，因為他和現在的珠子一樣，完全無法動彈。

他和墜樓死亡的少年的區別，想必是最初接收到的命令。死因和事件細節的差異，大概是犯人在進行試驗。就像小孩子把抓來的蟲丟進裝了水的水桶裡，犯人是在嘗試「怎麼做才會死」。因此，第一個人只是讓他衰竭而死，但是到了第三個人，就變成在無法抵抗的狀況下毆打致死的形式。

——『你會死。』

投影片結束了。時間應該不到三秒。

一切都連結起來了。

如果說這項異能是「在這間教室」、「讓對方看到命令句而使之遵從」，那要遠距離殺人和消滅證據都很容易，只要在寫下文字之後把目標人物引來就行了。然後在事件發生後，若無其事地擦掉寫在白板上的文字。事後處理大概不會花上十秒鐘。

而這項能力的代價是——

「誰叫你們要多管閒事，才會落到這樣的下場。我只是殺掉死了活該的傢伙而已。」

穿連帽上衣的少年踢開倒下的珠子，走出教室。從他的袖口稍微可以窺見的肌膚上，有東西在蠢動。文字在他的肌膚上到處爬。以少年為宿主、不斷爬動的眾多惡言惡語，不知是用在命令的言語，或是他的心情。

（……我怎麼會那麼笨……）

珠子感到後悔莫及。

另一方面，戾橋東彌已經想到對策。

「……小珠，妳快說謊……」

「……咦？」

「——快點說謊！」

這次珠子立即理解了。

因此，她絞盡剩下的力氣大喊：

「我最～～～討厭你了！」

喀嚓，她的大腦深處發出有東西動起來的聲音。她來不及思考那個奇妙的感覺是什麼，身體就開始違反她的意志活動。

「操縱對自己說謊的人」——這就是東彌的能力。珠子剛剛說謊了，東彌便憑藉這項事實發動異能，操縱她到教室外面。

敵人的能力是透過文字下達暗示，可以說是洗腦。東彌的異能「操縱滿足特定條件的對手」，也同樣屬於精神干擾系的能力。同系統的能力會彼此強烈影響，有時會減弱力量。東彌擁有隨心所欲操縱對手的能力，症狀當然也比較輕。

珠子的肩膀上下起伏，氣喘吁吁地注視前方。「哦？妳是怎麼逃出來的？」少年臉上最初雖然露出驚訝的表情，但立刻消失，只剩下殘忍的笑容。這也是可想而知的。珠子已經非常衰弱，只要一推就會倒下。

然而，少年並不會笨到認真與珠子戰鬥。他直接拔腿就跑。

「等等……給我、站住！」

珠子鞭策奄奄一息的身體追逐敵人，繞過轉角跑上樓梯。

她無法順利呼吸，就好像已經跑了好幾個小時。該不會連供給肺部活動的營養都不夠了吧？管他的！犯人的背影就在前方。他已經殺死三個人，如果放著不管，不知道還會有多少人受害。

「死了活該的傢伙」？這世上沒有那種人。

也許有人會嘲笑她太過理想主義。

但是，原本不確定能不能活到成年的她、知道此刻也有孩子拚命與病魔戰鬥的她，非常了解生命的尊貴。這是她毫無虛假的想法。

所以——

「笨蛋！」

珠子追逐少年的背影、衝入樓上教室的瞬間，就被打飛出去。

她遭受出乎意料的一擊，來不及採取安全姿勢就跌到地上。被毆打的臉頰和遭受撞擊的肩膀傳來劇痛。

……他是故意放慢速度的！

珠子並不是因為拚命奔跑才追上對方。沒有那麼好的事。穿連帽上衣的少年是為了出其不意的這一擊，才刻意用珠子追得上的速度奔跑。珠子感到自我厭惡。她啐了一聲，心想自己實在是太笨了。

不幸中的大幸，就是沒有連意識與生命都被奪走。對方如果是軍人或殺手，光憑剛剛那一擊就結束了。既然沒有失去意識，或許反而是好事。原本因身體衰弱而朦朧的意識變得鮮明。

幽暗的教室中，視神經受到衝擊，使得視野中出現閃光。

但她仍舊看見少年扭曲的嘴角，以及逼近的姿態。

「唔！」

她用交叉的手臂擋住瞄準臉部的拳頭。憑傳來的衝擊強度，就可以知道對手是外行人，連揍人的方法都不知道。若是平常，她可以輕易壓制對方，現在卻不同。問題在於她的狀態。她在469教室被奪走相當程度的體力，身體不聽使喚。

大幅度的前踢攻過來，速度是可以輕易躲避的程度，她的腳卻無法動彈。她無法挪動腳步，也無法閃入死角，只能勉強防禦。

每次挨打，身體就會搖晃。這樣下去不妙。

「你為什麼……要做……那種事……」

「……啊？」

「你殺了、三個人……明明是、同一間大學的、夥伴啊……」

這句話與其說是出自憎惡與激昂，不如說是出自疑問與困惑。

她是真的不知道眼前的少年為什麼做那種事。

拳頭停下來。珠子雖然沒有那個意思，不過提問成了阻止對方攻擊的契機。

「就像我剛剛說的，他們是死了活該的傢伙。」

接下來的發言內容令珠子難以置信。

「而我是被允許做這種事的人。」

「……啊？」

「我跟其他人不一樣。妳看到我的力量，應該也能明白吧？」

他在說什麼？這是什麼樣的理論？

這名少年的確具有超能力這種特別的資質，珠子不否定這一點。雖然視使用方式可以輕易傷害他人，不過這是很難得的才能。即便如此，怎麼可以因此就成為傷害他人的免罪符？

……不對！

不能容許那種事。

跑得快的人可以凌虐跑得慢的人嗎？腦筋好的人可以殺死腦筋差的人嗎？優秀的人可以對劣等的人胡作非為嗎？

少年所說的，歸根究柢只是選民思想。對生命分出優劣，以任性的基準傷害他人，憑著「自己是特別的」、「自己在做正確的事」這樣的欺瞞，連自己的罪惡都不願面對，實在是最差勁的行為。

……別開玩笑了！

有種全身血液逆流的錯覺。大腦迴路迸出火花與燒掉的幻覺。靈魂在身體內部發出哐啷哐啷的聲音，好吵。這種感覺很奇妙，彷彿有東西壞掉了，或是有東西在組合。

當身體因憤怒而顫抖時，珠子的內心深處有個格外冰冷的部分，掌握著狂怒的自己。

……別開玩笑。

她用手臂承受少年的毆打，但無法完全抵消攻擊勁道，身體重重撞在牆上。接著她又遭到下段踢的攻擊，幾乎從膝蓋崩落。她已經不再感到疼痛。支撐衰弱到極點的身體的，是信念與憤怒。

少年的右手臂揮過來，她躲過攻擊，憑衝動出拳。

「別——開——玩——笑！」

她揮手過去，與對手的右手交錯。

這是自暴自棄、憑全身體重揮出去的反擊，如果打中或許會成為起死回生的一擊，卻只有擦過對方肩頭就結束了。她踩了好幾步，因為自己揮空的勁道而幾乎跌倒。

少年看到她這個樣子，似乎在嘲笑她：「幹嘛那麼激動？」

沒錯，他在笑。但是——

「……咦……」

下一瞬間，他幾乎跌坐在原地。他感覺一瞬之間，身體好像變得沉重，且在此同時身體失去了自由。他和珠子一樣搖搖晃晃，勉強才穩住姿勢。

是剛剛那一擊的結果嗎？不，不可能。珠子打到的是肩膀，如果擦過的部位是下巴，還有可能因為晃動到腦袋而站不穩，但只不過是被拳頭碰到手臂，不可能導致他活動如此困難。

……不可能？

少年想到那個可能性，不禁戰慄。

引起不可能現象的能力。超越人類卻又屬於人類的力量。

——超能力。

「面對殺人的事實，背負十字架吧！」

沒錯。

少年不是因為腦袋受到晃動而失去平衡感，也不是因為被壓力震懾而無法動彈。他是真的被加上重擔。

——憑雙岡珠子的能力。

++

同系統的能力會彼此干擾。那名少年「讓對方看到命令就得遵守的力量」，和戻橋東彌「操縱說謊者的力量」，同樣會影響對方的心智、支配對方的身體。也因此，東彌和過去的被害人不同，即使被命令「不能動」、「衰竭而死」，也仍舊能夠活動。

話說回來，他也要花十秒以上才能勉強站起來。如果沒有把桌子當成扶手，大概連教室都走不出去。

「哈、哈哈……如果我更有體力一點，大概就會不一樣了……」

他倚靠著走廊的牆壁，發出自嘲的笑聲。敵人的異能是吸取生命力。東彌原本體能就很差，因此衰竭的速度也較快。如果不是擁有同類型的能力，他早就無法說話了。

總之，他暫時脫離險境。

（……得去追小珠才行……）

他並沒有確實掌握對方的能力。如果敵人在這間469教室以外的地方也能發動能力，那麼，珠子在被誘入時就沒有勝算。她會在被迫停止動作、體力衰竭殆盡的時候被打死。

然而東彌很快就無法顧及珠子了。

他抬起頭，看到走廊前方有個拿刀的少女。

「……那傢伙說得沒錯，今天那女的好像不在。」

「與其說是今天，應該說是現在才對。」

「少在那裡耍嘴皮子！」

她大概知道東彌無法正常活動——不，即使在完全健康的狀態，他也沒有多少戰鬥技巧。柊毫不客氣地大步逼近，瞬間扭轉東彌的左手，把他的額頭撞向牆壁，接著以行雲流水的動作把折疊刀抵在東彌的脖子上。

她過去想必像這樣殺死過許多人。從她的動作中，可以窺見到經驗與熟練。

不論戻橋東彌的才能有多麼突出，他擁有的是賭博的才能，在單純的暴力方面，不可能比得上專業殺手。如果他有辦法預先設下圈套，或許另當別論，但這次卻無法辦到。

「哈、哈哈……」

但他仍舊在笑。即使被固定住關節、被刀抵著脖子，他仍舊朝對手露出笑容。

笑。嘲笑。譏笑。

柊看到他的笑容，毫不隱藏內心的焦躁，把他的手臂扭得更高。「你以為在光天化日之下不會被殺嗎？」如果是的話，只能說是太天真的預測。她既然會出現在這裡並攻擊東彌，早已計畫好逃跑的方式。

「你知道自己為什麼會被殺死嗎？」

「如果會被殺死，應該是被刀子刺死的吧？」

「沒想到你還有心情說笑話。」

一般人處在這種狀況，即使失禁也不足為奇，但是東彌仍舊在開玩笑。

「老實說，我不是很清楚。妳跟墨鏡先生認識嗎？」

「沒錯，他是我的恩人。」

「所以妳要向殺死這位恩人的我復仇？這不是很奇怪嗎？」

在這個瞬間，東彌突然轉向後方。

他是為了和柊對看而轉頭。對於只差幾公分就要刺進頸動脈的刀子，他似乎完全不以為意。

柊錯愕不已。明明她只要稍微動一下手，就能置東彌於死地。

然而，她的驚愕被更加異常的現象掩蓋過去。

刀子刺入東彌的臉頰。

「……啊？」

鮮血沿著刀身流下來，染紅柊的手。刀鋒感受到堅硬的觸感，該不會是下牙？如果是的話，刀子無疑已經貫穿臉頰。

然而東彌依舊在笑。輕佻、開朗，卻帶有空虛瘋狂的調調。

「你、你到底在幹什麼！」

「反正妳都要殺我了，我的臉頰上多個喝果汁用的洞也沒關係吧？話說回來，我還是覺得很奇怪。」

奇怪的是你的舉動——柊很想要這樣大叫。

然而東彌似乎毫不在乎柊內心的動搖，繼續說道：

「不論是刀子小姐，還是那位墨鏡先生，都是『佛沃雷』這個犯罪組織的人，應該殺過不少人。現在妳卻要報仇？太奇怪了。我不知道刀子小姐和墨鏡先生是什麼樣的關係，可是你們殺了這麼多人，一旦夥伴遭遇同樣下場，卻大驚小怪地感傷，還想要復仇，未免太任性了吧？」

「你說什麼！」

東彌的單眼閃爍著奇異的光芒。

和「正確」或「善良」無緣，但正因為無緣而更顯得美麗的光芒。硬要說的話，就是偏離正道者的自尊。不論如何違背道德、被他人輕蔑，也要堅持自己選擇的生活方式的意志。

這樣的美麗光芒能夠戳破欺瞞。

因為戻橋東彌無法原諒謊言。

「你們是殺人凶手，這一點是千真萬確的事實。這樣的人照理來說，不是應該連傷心的權利都沒有嗎？」

「……閉嘴……」

「結果妳竟然還說什麼要報仇之類的，是想要正當化自己的行為嗎？別說傻話了。該贖罪的是妳，還有威廉．布拉克。」

「……閉嘴！你、你這種人懂什麼……」

「懂什麼？這是沉醉在不幸中的人常說的話。妳以為說這句話，做什麼都能被原諒嗎？妳在說謊。妳明明不這麼想，明明沒辦法這麼想。」

事實上，柊自己也知道。

殺人無數的威廉．布拉克即使被殺也是理所當然，為他報仇並沒有任何正義可言。即使如此，她也無法大言不慚地說「這不是理論能解釋的」、「如果這麼做是罪惡也沒關係」。她不去面對自己造的業，只會詛咒世界，假裝什麼都看不見。

她在對自己說謊。

「賭博的責任要自己承擔。這是偏離正道者最低限度的禮儀吧？」

「閉嘴！」

柊已經不在乎復仇的事，只想要儘快逃離東彌的言語。

東彌沒有放過柊內心的動搖，抓住機會行動。

他絞盡殘餘的力量，往後跳躍，用背部去撞對手。身體內部的骨頭與軟組織發出摩擦、刮削的聲音。肩膀脫臼，使得柊的關節技也失去作用，讓他成功脫離束縛。

每一個關節都有各自可活動的範圍，超過這個範圍就會輕易損壞，也因此柔道才禁止關節技，而合氣道和相撲在對方施展這種招式時也只能倒下。如果勉強反抗，骨頭及其連結部位就會被破壞。

反過來說，只要能夠忍受關節脫臼的劇烈疼痛、不惜破壞自己的身體，就能使對方使出的關節技無效。這種程度的犧牲對於遊走在死亡線上的東彌來說，易如反掌。

生命和肩膀——不需比較，這場賭博太簡單了。

「……等等！」

東彌雖然腳步踉蹌，但還是向前奔跑。柊甩開內心的動搖，緊追不放。考量到東彌已變得衰弱，而且原本就稱不上擅長運動，他勢必無法逃脫，破壞自己關節的奇招也只能撐過一時。

不過，只要這樣就行了。

「你總是變得傷痕累累。」

長髮少女以悠閒的口氣說。

站在那裡的是五辻真由美。

「……哈哈，沒想到妳會來救我。」

白色和服姿態的少女露出奇特的笑容回答：

「因為感覺很好玩。」

這是東彌呼喚的援軍。他預先為自己和珠子雙方都無法求救，或是彼此分隔兩地無法合作的狀況做準備。他沒有告訴任何人。正因為沒有告訴任何人，即使未練背叛他們，也無法猜到真由美會出現。

「那就交棒吧。」

「好痛……真由美，這隻是脫臼的手！」

「對不起。這個感覺也很好玩。」

真由美推了東彌的背說「快去吧」，東彌便跑走了。

柊感到很不是滋味。她不僅被攻其不備而讓東彌逃跑了，眼前還出現莫名其妙的人物擋住去路。從對方病態的蒼白肌膚來看，應該等同於沒有戰鬥能力。然而不知道對方有什麼勝算，被稱作真由美的少女擋在前方，直視著柊。

她的眼中沒有恐懼的情感，有的只是興趣，或是愉悅。

「走開，否則我要殺死妳！」

「別這麼說嘛，沒有耐心只會吃虧唷。」

柊不理會她，繼續前進。真由美絲毫沒有動彈的跡象。

……她是超能力者嗎？

如果是的話，就不應小看她而太過輕易地縮短距離。長髮少女似乎看穿柊的想法，笑著說：「妳想得沒錯，我也有超能力。」

她的笑容和那個瘋狂的少年很像。

「妳是佛沃雷的人吧？不知道C檔案嗎？那上面應該也有我的名字。」

「什麼……」

「不，這麼說有點語病。我正是C檔案本身——歷史上只觀測到僅僅數人的『創造出超能力者的超能力者』。」

「怎麼可能！」

那份資料是列出具有超能力資質者的名單，不過，「創造出超能力者的超能力者」是與眾不同的，堪稱例外中的例外。如果有那樣的人，名單就沒有太大意義，畢竟她能夠量產出無數異能。

如果她——五辻真由美——擁有自稱的超能力，而記載她下落的就是「C檔案」，那麼她可以說正是阿巴頓最高機密的核心。

「如果是真的，那當然很厲害，不過妳不該說出來。反過來看，就等於宣告『自己除了給人能力以外，什麼都不會』。」

「的確。很遺憾，我只有這樣的能力。」

走廊上的血跡一直延伸，那是從東彌臉頰流下來的。柊雖然不用擔心找不到他，但是想到之後撤退的事，就沒有空閒在這裡慢慢問答。要如何處置這個珍貴人才，在此先不用做出結論，反正已經知道她的長相，可以等和其他佛沃雷的人討論之後再做決定。

真由美彷彿再度察覺到柊的判斷，對她說：

「不過，妳最好仔細想想。」

想想？有什麼好想的？

然而下一瞬間，她就了解一切。

「看，不是嗎？」

真由美說完，把視線投向柊的後方。

……糟糕，原來是這樣！

真由美具有「創造出超能力者」的稀有力量。這樣的異能無法在戰鬥中使用，但是能夠「呼喚超能力者」。譬如給予夥伴超能力，讓他們前來支援；或是讓適當的人得到力量，交換條件則是協助戰鬥。她出現在柊的眼前，就是為了引誘柊上當，讓柊把注意力集中在她身上，沒有注意到其他人繞到身後。

柊看穿這一點，立刻回頭。

然而，那裡沒有任何人。

「糟糕……」

她再度察覺，吐出最後一句話。

從脖子傳來的電流破壞她的視覺，完全切斷她的意識，柊毫無防備地倒下。真由美拿著改良過的電擊棒，看著這幅景象發出「呵」的笑聲。

「幸好妳是個單純的人。」

這一切都是唬人的。

交談的內容當中，正確的只有「五辻真由美是創造出超能力者的超能力者」這一點，其他都是謊言。她根本不知道C檔案的內容，當然也不會有人來增援。

她以從容自若的態度讓對手以為「有勝算」，隨便編個故事誘導對手的思考，最後只憑視線就完全轉移對手的注意力。從頭到尾發生的事都在真由美的掌控中。

她操縱對手、奪得勝利的手段，也和那名少年很像。

「你們使用能力的對象是討厭的人，但我使用能力的對象只有喜歡的人。」

沒有人知道這句話的真偽。

++

雙岡珠子是透過心臟移植才得以存活下來。當時，她決定要連同給予自己生命的人的份一起生活。她心想，自己要背負那個人的生命活下去。

她如是想、如是希望、如是祈禱。

因此，她無法原諒糟蹋生命的人。

「給我……反省一下吧！」

勝負很快就決定了。

珠子的拳頭打中少年的下巴。少年倒在地上，沒有再爬起來。

珠子處於劣勢的理由，是因為衰弱而無法順利攻擊或躲避。如果因為某種理由，把負荷加在少年身上，讓他處於相近的狀態，珠子就沒有理由會輸。

某種理由——譬如突然加上急增的「重量」，讓他無法隨心所欲地活動。

珠子萌生的超能力是「把自己體重分量的重量施加在接觸到的對手身上」。在原有的骨骼與肌肉基礎上，如果體重增加幾十公斤，任何人都無法像之前一樣行動。這種以重量形式讓對手承擔生命的能力，正因為是珠子才會覺醒。

「贏、了……」

然而珠子的狀態不容她思索這項現實。她沒有自覺到自己已成為超能力者，也幾乎沒有意識到剛剛發生了超乎常理的現象，只是在疲勞困頓當中沉浸在隱約的滿足感裡。

她緊繃的神經鬆懈，膝蓋開始顫抖。不行，要倒下去了——她的腦子能夠理解，卻無法施力。

「危險。」

東彌跑過來想要支撐她，卻無法好好接住，結果兩人都跌到地上。這也是無可奈何的，畢竟東彌也已經達到極限。

在模糊的視野中，珠子發覺到東彌在流血。真是的，他這回到底做了什麼？如果只是擦傷就好了。要趕快帶他去醫院才行……珠子腦中接二連三浮現種種想法，卻都沒有說出口，直接失去意識。

東彌一面聯絡未練，一面笑著說：

「辛苦了，小珠。」

因果的馬車

開始出差錯的齒輪無法再度咬合。
過去被車輪輾碎，緣分糾纏而斷裂。
自人類的業產生的命運，
其歸結正是我們的懲罰。

次日，戻橋東彌又來到校園。

被刀子貫穿的臉頰已經縫合，肩膀也裝回去了。即便如此，這幾天其實也應該要乖乖躺在醫院。珠子極為憤怒地罵他「真是不敢相信」、「你這個人太誇張了」之後，也打從心底感到擔心，想要制止他，但是沒辦法，沒有時間了。

甚至有可能已經太遲。

東彌忍耐劇痛，在傍晚的路上前進。他只用最低限度的止痛劑。即使能減輕疼痛，但要是因此使得腦袋運轉的速度變慢、感覺變遲鈍，那可就傷腦筋。

校園內很吵雜。一反昨天之前的景象，為了調查而忙碌走動的警察，以及好奇地圍觀警察的學生與鄰近居民，形成獨特的景象。縱使大學擁有自治權，當一天之內有連續可疑死亡事件的犯人被逮捕，又有持刀的女人被目擊，當然無法避免國家權力的介入。

「總之……在夏天結束之前，大家一定都會若無其事地繼續生活。」

對於世人來說，這麼一來事件已經解決了，然而對ＣＩＲＯ－Ｓ來說不一樣。

就某種角度而言，還剩下最大的工作。

東彌邊自言自語，邊走進辦公室。他告知想要見某人之後，等了幾分鐘，接著職員告訴他已經聯絡到對方，並給他訪客用的卡片鑰匙。

他搭乘電梯前往大學的最高樓層，來到角落的房間。昨天才拜訪過這裡，可是感覺好像已經隔了很久。

他敲了門，門內傳來「等一下」的聲音，他便乖乖在原地等候。不久之後，男人現身了。

白髮的副教授，烏邊野弦一郎。

「呵呵呵……久等了。」他發出低沉的笑聲。

東彌回答：「只要能見到面就夠了。」

他原本預期弦一郎很有可能已經不在這所大學，因此能夠像這樣面對面，或許就已稱得上是幸運。實際上，從打開的門可以看到研究室已經整理乾淨——雖說只是和昨天相比。

「你正在整理？」

「嗯，所以很忙。」

「因為事件解決了，你得趕快逃跑？」

這個問題得到的答案是沉默。

「邊走邊談吧。」弦一郎如此提議，東彌也同意了，跟在他身後搭上電梯，來到四樓。東彌自己都覺得這幅情景很奇特，幾乎要笑出來。他沒有想像到自己會和事件的幕後黑手走在一起。

「我今天來，是想要請副教授先生聽聽我的推理。」

「是嗎？」

「你不能跟我再戰一次嗎？」

「嗯，我很忙。」

「騙人，明明不只是這個理由。」

在賭上弦一郎回答問題或東彌離開的那場ＩＱ撲克遊戲中，關鍵在於「弦一郎會在第二回合還是第三回合出鬼牌」。東彌持有唯一能夠戰勝鬼牌的２，必須預測弦一郎會在什麼時候出鬼牌，並且粉碎他的王牌。

就結果而論，東彌猜錯並且輸了遊戲。

然而事實上，還有更複雜的情況。

東彌能夠應用自己的異能，確實看穿對手的謊言。每當對方回答問題，他可以下達不會讓對方察覺到被操縱的瑣碎命令，像是「如果說謊就摸頭髮」等等。對方如果照做就是在說謊，如果沒有就是說真話。

在ＩＱ撲克的提問階段中，必須以「是」或「不是」回答。可是對東彌而言，這個階段的心理戰術毫無意義。因為他能夠看穿謊言，自己也沒辦法說謊。

第二回合，東彌提出的問題是：「你出的是花牌嗎？」弦一郎回答：「不是。」

然而，實際上弦一郎出的是鬼牌——也就是花牌。

弦一郎是透過某種手段，讓東彌的能力無效。

「借用副教授先生的說法，我們太驚頓了。我和小珠、還有監察官，想到的都是偏離事實的理由，譬如也許是超能力的情報洩漏、也許有人背叛等等。這是因為在上一次的事件當中，知道我能力的墨鏡先生和分部長先生已經死了……」

清楚理解東彌能力為何的兩個人死了。

不過如果是被操縱的人，其實還有一個，那就是賭徒一之井貫太郎。他為了隱瞞使用透視能力的事實，結果被東彌操縱。這個男人至今下落不明。

然而——

「我和一之井先生對決時，場上有觀眾。」

東彌先一步走出電梯，回頭露出笑容。

沒錯，那場撲克遊戲有觀眾。那些人是當時剛好在場的賭場常客，他們也看到了一之井貫太郎被操縱的樣子。

東彌並不知道那些觀眾是否了解超能力。不，不知道也沒關係，重點是他們目擊到一之井貫太郎被操縱並採取怪異行動。

「一之井先生輸給我之後，如果向佛沃雷的某人求救，或是有基於善意主動援助他的人，或許會去向店裡的常客打聽吧。」

提供援助的某人從那些客人口中打聽到當時奇怪的情景後，應該有可能推測到，如果一之井沒有精神錯亂，或許是被那名少年的能力操縱。

如果是被操縱，發動條件是什麼？和魔眼使用者一樣，是透過四目相交嗎？或者是接觸對方？聽說兩人在對決前曾經握手。對了，一之井在做出異常行為之前，少年似乎問過：「你該不會真的看得到我的牌吧？」

佛沃雷的人應該知道一之井的透視能力。少年的提問和一之井的透視能力，這兩點或許就是關鍵。推理進行至此，距離真相只剩下一步。

——原來如此，一之井是因為說了「沒看到牌」這個謊言，才被操縱的。

「那個某人應該已經看穿到這個地步。還是說，推理的是副教授先生？」

弦一郎繼續保持沉默。東彌說「算了，不重要」，繼續問：

「你是不是也刺探過公安和內閣情報調查室？監察官先生雖然替我們留意，不過『試圖避免情報洩漏』，就是最大的情報。」

因為可以由此猜想到，那或許是一旦了解內容就有辦法反制的能力。

「於是佛沃雷的某人假扮成算命師來刺探我。那種情況怎麼想都很奇怪，會讓人想要知道她的真面目。如果對手——也就是我——具有操縱他人的力量，一定會想要強迫她說出真話。」

如果條件是接觸對手，那麼即使有些勉強，也應該會試圖接觸她。東彌沒有這麼做的話，至少表示「接觸」不是必要條件。四目相交的條件也是同樣道理。如果這是必要條件，東彌即使硬摘下她的長袍看她的臉也不奇怪。

少女沒有被操縱。從這點應該足以得到確信，這名少年只能操縱說謊的人。

「呵呵……就算你說的故事完全正確，也沒有回答最初的問題吧？」

「嗯，的確。」

到這裡為止，只是在推測「鳥邊野弦一郎如何得知戻橋東彌的能力」。說得極端一點，這種事根本無關緊要。也有可能是因為「公安或內閣情報調查室有間諜偷取情報」這種單純的真相。

不論如何，弦一郎在ＩＱ撲克遊戲中躲過東彌的異能，說出謊言。

不過東彌笑著說：

「這一點很簡單。說謊的不是你……不，那的確是你的聲音，但那是錄下來的聲音。」

室內播放大音量的音樂、宣稱「必須要打分數」而頻繁改變姿勢、用手遮住嘴巴笑的動作，全是為了隱藏在袖口的錄音機。

在那個瞬間回答「不是」的不是弦一郎，而是錄音機。

不巧的是，東彌為了防備魔眼而戴著太陽眼鏡，由於視野太暗，因此沒有注意到弦一郎的喉結沒有動。東彌原本就失去右邊眼珠，想必也有很大的影響。憑著難以掌握遠近感的單眼，對於細微狀況會比平常人更難以認知。

「不過這項解謎在這次事件當中，也只是旁枝末節而已。」

四樓沒有人影，這是他拜託未練避免閒雜人等進入的結果。

沒錯，事件真相應該要在這間４６９教室談論。

門上貼著新的公告，上面寫著「除了鳥邊野弦一郎與戻橋東彌以外的人禁止進入」，大概是弦一郎準備的。看來他也抱持同樣想法。

東彌進入教室，坐在最中央的位置。相對地，弦一郎則站到講台上。對於學生與教授來說，那樣才是彼此的固定位置。不過，描述現在的兩人關係最貼切的詞，應該是「偵探」與「犯人」才對。

「呵呵……今天的課就來聽聽學生的意見吧，主題是在這間教室連續發生的可疑死亡事件。」

雖然有些戲劇化，不過年輕副教授的問題只有一個：「你知道多少事實？」

然而這個問題也很簡單。

一旦察覺，就會發現事實單純到令人驚愕。

「可疑死亡的真相已經變得明朗。或者應該說，我已經充分領教過了。那是『在特定空間讓對手遵守命令』的能力造成的結果。問題在於，三名被害人之間沒有共同點。」

「這一點只要問犯人就知道了吧？」

「嗯，但事情沒有那麼單純。在這間教室殺死三人的犯人說：『那三人強暴了自己的朋友，殺死了她，所以那些傢伙死有餘辜。』不過，那不是事實。」

不，這個說法也不太對。

的確有那樣的事實。

但是——

「犯人前田誠的朋友中川惠子的確自殺了，而且大概也曾經被人強暴。只是強暴她的不是那三個人。」

為什麼被害人之間沒有共同點？

那是理所當然的。

因為是犯人自己搞錯了。

沒有連結正是他們的連結。

「我昨天晚上通宵熬夜，拚命調查，還請有些可疑的上司和摯愛的朋友幫忙，結果發現更有趣的事。半年前，另一所大學的男學生們強暴了某個少女。據說是因為那名少女捏造色狼案件，害得他們的朋友身敗名裂。」

「那個少女就是中川惠子？」

「也不是。不對，應該說的確是她，可是又不是。被強暴的少女是中川惠子，但是捏造色狼冤案賺錢的是另一個女生。」

也就是說，事情是這樣的：

A對B抱持某種怨恨，進行復仇。但是A以為是B的人物，實際上是完全不相關的C。簡單地說，就是認錯人。C的朋友D要向A報仇，可是D以為是A而攻擊的對象卻不是A。

這就像是一路扣錯釦子。原理上類似交換殺人，各個事件出現的人物稍微有些不同，也因此沒有人能夠掌握事件全貌，但又各自進行錯誤的復仇，擴大被害範圍。

沒錯，東彌自己就說過了。

『在京都的某間大學，有個大學生酒後駕車，撞死了老先生，可是上同一間大學的學生都沒什麼反應。另一所大學有學生侵犯小學生的時候，同大學的學生反應也只是「好可怕喔～」。大阪的女大學生被傳言靠誣告色狼賺和解金的時候也一樣。小珠，妳知道每年有多少人自殺嗎？這所大學和我念的大學，去年應該都有人死掉，可是沒有人記得。事情就是這樣。』

沒有人記得的一件件事，以扭曲的方式產生關聯性。車禍、性侵未成年人、色狼冤案、強暴、自殺……單看每一起事件只是常見的不幸，卻奇妙地連結在一起。

悲劇的連鎖。看似偶然的復仇劇。

然而，如果不是偶然呢？

扭曲因果、造成這種結果的人物，就是這個男人——鳥邊野弦一郎。

「呵呵……這個推理很有趣，不過並非現實。」

「不，這是無比現實的情況。當一個人被憤怒與憎恨支配，視野就會變得狹窄。這時只要得到『那傢伙是犯人』的情報，即使不確定，也會採取行動。」

曾經有過這樣的事件。

有一天發生了一家四口被殺害的殘忍事件，然而犯人因為未成年，因此沒有公布長相與姓名。群情激憤的網民找出犯案少年的身分並公開，這個話題傳到當地居民耳中，導致少年的家庭離散，少年則自殺了。

然後，在辨明少年是犯人的情報完全是子虛烏有時，這起事件早已被人遺忘。

另外也有這種例子——

有一群女高中生在電車上聊天時提到：「信用金庫很危險喔。」這句話應該只是帶有嘲諷意味、沒什麼特別意義，但是，聽到這句話的學生當真了，詢問家人與親戚內容真偽。外行人當然不會知道銀行的經營狀況如何，於是她的家人與親戚去找對這方面似乎比較熟的人詢問，另外也在和他人閒聊中提到這家銀行的話題。

結果變得如何？

某家銀行被提出二十億以上的存款，演變成差點破產的大事件。

事情發端的女高中生或許只是在開玩笑。她只說「信用金庫很危險」，沒有說是哪一家銀行，也沒有說經營狀況不佳，但是這句話在擴散的過程中被加油添醋，最終真的導致一家銀行差點破產。

「這是極端的例子，不過這種事很常見吧？」

因為自稱「相關人士」提供的不實消息，導致藝人或企業遭到群起攻擊；或是因為沒有任何根據的陰謀論，導致政府遭到責難。這些都不是什麼新鮮事。不論是什麼樣的事件，由於在被逮捕的階段就被當成真凶，這個人從小學開始的人際關係到現在的興趣都會曝光。

正義是甜蜜的毒藥。它會蒙蔽思考，使人無法判斷是非。越是混亂、困惑的時候，這種情況越顯著。人們大概是想要藉由絕對正義的行為，確認自己的立場吧。

明明絕對的正義不存在於任何地方。

「連我都知道，以前曾經因為『外國人把毒藥投入井裡』的假消息擴散，導致屠殺事件。在網路發達的現在，類似的事情每天都在發生。而你是刻意引起這樣的狀況。」

是讓對方看捏造的地下網站？還是在他周圍散布特定的傳言？或是更直接地對他說「我知道真相」、「我只告訴你一個人」？

膨脹的被害心態與扭曲的正義感——任何人都擁有的正常情感，要是過度而失去自省能力，就會化為暴衝的燃料。弦一郎做的事情非常簡單，只是指定前進的方向而已。

朝向完全錯誤的方向。

讓一切都無法吻合。

「……呵、呵呵呵、呵呵……」

弦一郎發出笑聲。

那是各種悖德交織而成的醜惡笑容。

卻又是無可救藥地表露人性的表情。

「只能給你六十分。即使知道原理，能不能在現實中執行也是個問題。而且不知道我的動機。」

「嗯，你說得沒錯。我不知道你這麼做的理由，可是我現在終於知道了，甚至覺得之前自己不知道很不可思議。」

如果鳥邊野弦一郎和戾橋東彌屬於同類，行動原理也會一致。即使他人無法理解，他們依舊遵從內心深處的衝動生活。

亦即——

「我從以前就喜歡……俯瞰愚蠢的人類。」

——「只是喜歡而已」。

沉浸在名為悲傷的自戀當中，把傷害他人正當化的人類。

因為錯誤的正義感而觸犯法律，被指責毛病就惱羞成怒的人類。

群眾隨著不僅不知真偽，甚至也不知出處的傳言起舞的模樣；「大家都這麼說，所以一定不會錯」的思考停止模式；拿「大眾」的身分當擋箭牌、不肯負責的態度。

自以為什麼都知道、沒有做出成果卻又想不勞而獲得到認可、只去接觸自己想知道的事情、任憑情緒驅使拿周遭出氣、只會扯他人後腿的愚民。

傲慢、貪婪、嫉妒、憤怒、色慾、暴食、怠惰、悲嘆、虛榮——

弦一郎最喜歡的，就是人類所包含的各種「罪惡」，以及對此毫無自覺、受到操控而邁向毀滅的姿態。

就如戻橋東彌只能在賭上性命、徘徊於生死線時感受到生命，烏邊野弦一郎也只有在支配並玩弄他人的瞬間，才能感到滿足。任何人都多少有一些支配欲，但他的支配欲遠比其他人強烈，而且不打算壓抑。除此之外，他也得到了能夠支配他人的能力。

徹頭徹尾都和戻橋東彌相同的存在——

「話說回來，這次的事件不只是為了興趣，同時也是工作。」

「哦？工作？有人委託你要毀了某個人嗎？」

「必要的不是毀滅，而是逼到絕境。」

東彌腦中閃過靈感。

這次事件的相關人士都是大學生，也就是十幾二十歲的孩子。可疑死亡事件的犯人是超能力者，不過如果他的能力不是原本就有，而是最近萌生的呢？

在無可救藥的狀況中祈禱的結果，得到不可能的力量。

東彌知道這樣的狀況。

「……是為了讓超能力者覺醒！」

「沒錯。我是受到阿巴頓的委託。被分割的C檔案之一在我們佛沃雷手中，我們以其中的資料為基礎，和阿巴頓做交易。不過從對方來看，無法確定我們手中的資料是真是假。因為內容是暗號，因此無法判別真偽。」

C檔案原本是阿巴頓製作的。不知道他們是因為出了差錯而遺失，或者只是為了要保密，正試圖要收集明明知道內容的資料。雖然不清楚狀況，不過阿巴頓似乎已經掌握到檔案內容的一部分。

兩者進行的交易是這樣的：

阿巴頓方面將已掌握的「擁有超能力者資質的兒童名單」一部分讓給佛沃雷，不論佛沃雷是要把這些兒童拉進組織，或是要當作商品買賣都可以。相對地，佛沃雷要將被分割的檔案交給阿巴頓。

然而，弦一郎等人無法完全相信阿巴頓的說詞，名單有可能全是假的。基本上，阿巴頓宣稱「雖不完全但已掌握到檔案內容」的說法本身就不知是真是假。

結果發生了這次事件。

「在『擁有超能力者資質的兒童』周邊製造悲劇，把他們的心靈逼到絕境，以便激發能力……」

「沒錯。」

同時發生多起冤案的理由，是為了要讓更多人覺醒，確認名單的真偽。其中不巧成為超能力者的，就是發生在這所大學的可疑死亡事件的犯人。

遇害的其他三人想必也在名單上。死到臨頭的時候，人類的內心會產生劇烈動搖。如果真的有資質，很有可能會在此時得到某種超能力。

「結果實在是太讓我失望了。我以這間大學為中心，在阪急線沿線製造七起事件，捲入將近五十人……可是覺醒的只有兩人，其中之一還被公安逮捕了。也不知道阿巴頓提供的資料是真是假。」

弦一郎用手遮住嘴巴，笑著繼續說：

「反正很有趣，所以沒關係。」

他說得很輕鬆，彷彿只是喝了一點酒、花了些錢。

「……我也經常被說是異常，但副教授先生，你實在太瘋狂了，簡直就像惡魔。」

「呵呵呵……我跟你一樣。你也一點都不覺得自己『瘋狂』吧？」

——不論被別人如何評論，我們都是人類。

弦一郎說。

比任何人更像人類。

「而且你有資格說別人嗎？」

「說得也是。」

不光是能夠輕易賭上生命這一點，東彌能夠看穿弦一郎引起的異常事件真相，就是異端的證明。

一般人或許連邊都擦不到。即使聽了犯人的證詞，也會當作是凶手的藉口不予理會，不會想到這樣的錯誤是被刻意引導的。他們不可能想像到這種事情會連鎖發生。

就算稍微想到這樣的可能性，大概也會排拒。這種事件是對「人性本善」理論的否定。一般人因為不願相信，在無意識中就會避免去想。

他們不會發覺，也不能發覺。

能夠理解瘋狂，正是瘋狂的證明。

「上課結束，我差不多該走了。」

「啊，可以再問你一件事嗎？」

「什麼事？」

「犯人的能力，為什麼只限定在這間教室？」

超能力是人類的心靈超越常理、侵蝕現實的結果，也因此，超能力必定和當事人的內心狀態有關。可疑死亡事件全都發生在這間469教室，可以看作是這個場所限定的異能。這間教室究竟發生過什麼事？

對於這個理所當然的疑問，弦一郎以一副覺得無趣的口吻回答：

「……因為我誇獎過他。他在我的課堂上提出很好的意見，所以我大大誇獎了他一番。當時就是在這間教室。從他有些靦腆而不知所措的表情，我就理解到，這傢伙沒有被人稱讚的經驗。他想要獲得別人的肯定。」

「你利用了他的心情。」

「沒錯。我應該被感謝才對吧？原木只能藉由在網路上攻擊他人才能得到生存意義的人，卻從我這裡得到了改變現實的力量。」

「……」

「呵呵，別這樣瞪我。話說回來，待在這間大學的日子真的很愉快……」

弦一郎有些依依不捨地環顧教室。

既然真相明朗，他就無法繼續待在大學。就算解決了眼前這名少年，公安的人應該也會很快察覺。

他們也具備某種形式的「瘋狂」。那是打著「正義」的旗幟進行必要之惡的組織。如果公安認真開始調查，立刻會察覺到真相。公安裡面應該也有很多像是擁有讀心術超能力般對於調查案件有用的人。

「話說回來，副教授先生，你都跟到這裡來，難道還以為能夠順利回去嗎？多謝你特地為我解謎，不過我還是得說，像你這樣的人，絕對不能放著不管。」

「呵呵呵，我反過來要問你，你以為你能贏過我嗎？如果是之前那種賭博就算了，換作廝殺你還有勝算嗎？」

白髮男人理所當然地問。

他或許對直接的暴力沒興趣，但是在必要的時候，也有殺死敵人的心理準備。不，說「心理準備」也太誇張了，他只是能夠稀鬆平常地殺人。

東彌笑著回應「我完全不覺得」，然後繼續說：

「不過我想要再問問副教授先生，你以為我會一個人來嗎？」

在這個瞬間——

教室的門被用力打開，珠子拿著槍衝進來。

鳥邊野弦一郎是個傲慢的人。

對他本人來說很幸運、對被他操縱的人來說則不幸至極的是，他雖然擁有罪孽深重的欲望，如果是常人早就被這樣的衝動驅使而毀滅，但他卻能以卓越的智力支配他人，持續站在優勢的立場。

今天也是如此。

他知道犯人被逮捕後，與自己的關係遲早會變得明朗，原本應該儘早逃亡，然而他內心卻想要與難得相遇的同類進行最後的交談。這個年輕的無賴究竟看穿到什麼地步？他無法在不知道答案的情況下離開大學。

光從保身這一點來看，這可說是愚蠢的選擇，然而，他並不是只因出於一時衝動而行動的人。

他派遣間諜潛入校園內的警察之間，也準備了逃跑時的司機。為了趁亂逃跑，他還安排了打一通電話就能讓異能者肇事的計畫。這間469教室也一樣，門上張貼的公告是由那名擁有「讓對手遵守看到的命令」之能力的少年所製作的。

除了自己和同類的少年以外，應該沒有任何人能夠進入這間教室。

「……不要動。只要你稍微動一下，我就會開槍。」

弦一郎觀察著戴太陽眼鏡、以僵硬動作舉槍的少女，內心思索。

……她為什麼能夠進入教室？

門上應該張貼著「除了鳥邊野弦一郎與戻橋東彌以外的人禁止進入」的公告。其他人進入室內的可能性，只有萬一對方擁有同系統能力而使異能的效力減弱的情況。

「這場賭博看來是我贏了。」

東彌靠在桌上這麼說。

「賭博？你在說什麼？」

「關於那張公告，或者應該說是關於超能力吧。因為不知道詳細的條件和制約，我也不確定小珠能不能進來……不過，看來這項能力會讀取到命令當中微妙的含意。」

「呵呵……」

弦一郎理解之後，不禁發出笑聲。

公告是他命人製作的，但是看來似乎忠實反映出弦一郎的認知。或者有可能是製作者想到「副教授的命令應該是這個意思」導致的結果。不論如何都一樣。

對弦一郎而言，人類只不過是可操縱的人偶，就像是隨他高興驅使、壞了也沒關係的玩具。

也就是說——

「你下令『禁止自己和對手以外的人進入教室』，但是你本人並沒有把自己以外的人當人看，所以那道命令沒有意義。」

對於戾橋東彌這個人，弦一郎把他當作與自己一樣的異端者而注意。

但對於他身旁的少女，則當作毫不重要的存在，連名字都不記得。

因此，這是必然的結果。

「呵呵……看來這回是我輸了。雖然是同類的人，可是我沒想到會輸給你。也許應該再和你分一次高下。」

「哦？你說得好像還有下一次。」

「有。」

弦一郎沒有說謊。

東彌迅速思考能夠打破眼前這個僵局的方案。

弦一郎是精神干擾系的超能力者嗎？不，即使如此，也只能操縱珠子。他們已經聯絡未練，公安的包圍網正要完成。假設兩人在這裡被殺害，弦一郎也跑不掉，而他說「還有下次」既然不是謊言，那麼應該不會殺害他們。

他是不是讓佛沃雷的人埋伏在附近？雖然有可能，不過這意味著要和公安全面開戰。戰鬥如果拖長，內閣情報調查室、自衛隊等種種超能力者處理機關就會集結，弦一郎的勝算會很低。

話說回來，他要單獨突圍應該也很難。優秀的超能力者的確能夠以一擋千，但如果是那麼厲害的超能力者，應該會為人所知才對。

……等等，「應該會為人所知」？

東彌在剎那間得到解答。

「小珠，開槍！」

在他喊出來的瞬間之前，弦一郎便已發動能力。

「——我是潛藏在人心中的惡，沒有人能夠抓到我。」

在這個瞬間，珠子想要扣下扳機，卻無法辦到。她不知道該朝哪裡開槍。

她並不是感到畏懼。不是那種情感上的問題。

不是情感問題，而是認知問題。

「在、在哪裡……」

弦一郎從雙岡珠子的視野消失了。

先前明明還在那裡的白髮男子，現在已經無影無蹤。槍口朝著虛空，教室裡沒有人。

他消失得無影無蹤，彷彿一切都是幻覺。

不，不對。

「右斜前方！開槍！」

同樣擁有精神干擾系能力的東彌知道。

有東西在那裡。

雖然因為發生完型崩壞現象，無法認知到「人類」的形體，但勉強可以看到弦一郎站在那裡。不，在走路？總之，他就在那裡。

槍聲。從USP手槍發射的子彈嵌入白板。沒有射中。

「更右邊！」

東彌的指示也無濟於事，「那東西」離開了教室。

沒錯，不需要特別方案。鳥邊野弦一郎只要像平常一樣離去就行了。不論有多少警察、被設下多麼嚴密的包圍網都不重要。

鳥邊野弦一郎的能力是「對於認知到自身的對象，可以使之無法察覺到自己」。這是無差別、無限制的認知阻礙。一旦發動，就沒有因應方式。

怪不得沒有人知道。不論在多大的事件現場，下一瞬間就無法認知到他。警察在群眾當中拚命尋找白髮男子，揉了好幾次眼睛，最後只能做出「看錯了」的結論。即使發覺到了，只要一表現出來，大概也會被他從認知範圍外殺死。這是最棘手的能力。

「呵呵呵……我跟你一樣，戻橋東彌。就如你不賭上性命就無法感受到自己活著，我也只有在支配、毀滅他人的時候，才能真正感覺到『活著』。」

笑。嘲笑。譏笑。

「太愉快了，我會無法停止大笑……就跟你一樣！」

隸屬於魔眼使用者的組織，卻能使所有魔眼失去效果的能力。

「不被知覺」、偷走視力的異能——

「所以就像你會繼續賭下去，我也會繼續把人當食糧。後會有期，我的同類。呵呵，呵呵呵……」

惡魔般的笑聲傳來。

然而這個聲音不久之後也無法被認知到。

事件結束，災厄離開了。

尾聲

身為幕後黑手的鳥邊野弦一郎行蹤不明。

研究室沒有任何線索，地址也是亂編的。他身邊的雙胞胎似乎也不是那間大學的學生，與他一同消失了。雖從剩下的論文與研究室內採集到指紋與DNA，不過和警察的資料庫比對，也找不出相符的人物。

與弦一郎應該有聯繫的佛沃雷成員「柊」被發現在河邊遭到槍殺。雖然不知道是誰下的手，不過應該是為了滅口。

事件以不完整的形式結束。

這就是未練告訴他們的結論。

「不論如何，辛苦了。像他那樣的超能力，要抓到是不可能的。」

「我大概能猜到前副教授的代價，所以原本想要採取對策的。」

「那就期待你下次的表現吧。總之，這次的事你們不需要在意。」

接著他又像平常一樣，補上一句：「要在意也沒關係。」

這裡是七樓辦公室。未練聽完他們的正式報告，慰勞一番之後，拿了公事包就要走出房間。「你要去哪裡？」珠子問他，他便打呵欠說：

「我要休假。最近一直在工作，偶爾也該休息才行。」

「哦，是嗎……」

真是我行我素的人——珠子在驚愕之餘這麼想。

另一方面，東彌則站到未練前方，擋住他的去路。

「我有事情想要問你。」

「戻橋，怎麼了？」

「什麼事？」

「監察官先生，你究竟知道多少內情？」

「你說的內情是什麼意思？」

東彌瞪著仰頭喝礦泉水的未練說：

「從內閣情報調查室、自衛隊，到各省廳、企業界等各種地方，你都有人脈吧？」

「有啊。」

「在黑社會也有嗎？」

「嗯，有。」

「在佛沃雷和阿巴頓也有？」

椥辻未練是不是早就知道這起事件的真相？

假設他從某個管道得到「佛沃雷有動作」的消息，又剛好是在連續可疑死亡事件發生的時期，他是不是在察覺到這是超能力者犯下的事件之後，刻意縱放？

對於那間大學進軍大阪，周圍的大學法人並不高興，應該也有很多人希望該所大學的名聲低落。即使在學校內，也有人對於利益第一、不重研究的大學發展方針提出異議。

未練會不會和那些人進行交易？

在得知連續可疑死亡事件是凶殺案，再加上發生砍傷事件的消息擴散之後，大學的人氣會降低許多。未練是不是想要藉由洩漏這樣的情報，得到某種利益？

「對那間大學的高層說『我會派遣幹練的調查人員』贏得信任，對其他學校則說『事件應該會拖很久』，建議『要奪取人氣就趁現在』……該不會有這種事吧？」

做這種事對未練有什麼好處？

東彌可以斷言「沒有」，不過必須補上「目前」兩個字。賣人情就是建立人脈。這樣的連結會產生什麼樣的效應，要等日後才知道。

「你可以在我面前斷言『沒有』嗎？」

「……就算有那種事吧，即使我們感到悲傷，也無法喚回失去的生命。把有人死亡的事件利用在保護現在還活著的人，難道是壞事嗎？」

未練垂下視線低語。

他曾經說過，「和『已經死亡，也不知道是不是事件被害人的三人』相比，『被黑社會組織盯上的無數市民與企業』優先度更高」。這就是現實中「正義使者」的態度。

「我不覺得這是壞事，也覺得這樣做很聰明。可是……」

「可是？」

「也很卑劣。」

正義是必要之惡，是被獨占的暴力。

然而即使說一大堆道理，惡仍舊是惡，暴力的本質也不會改變。

「這樣啊。」

未練點頭，沒有提出辯解就離開辦公室。

「你要這麼想也行，不這麼想也沒關係。」

他像平常一樣留下這句話。

++

「我送你到車站吧。」

珠子如此提議，不是因為擔心東彌的安全。

事件結束了，目前應該沒有生命危險。現在珠子住在距離聯合辦公廳舍很近的公安專用宿舍，東彌則住在和以前一樣的公寓，以方向來說完全相反。

現在還不到傍晚，應該不是危險的時段，沒有為了步行幾分鐘的距離送他到車站的合理理由。

她只是想要稍微聊一下。

就只是這樣。

「那個……」

「什麼？」

「沒事……」

聽到真相的時候，珠子反駁「怎麼可能」。她覺得那種事不應該存在。

不過仔細想想，過去的雙岡珠子不是也處於同樣狀態嗎？她毫不懷疑佐井征一說的話，毫無根據地相信並遵從片斷的情報，參與非法組織的活動。這麼一想，她就無法否定或責難。她覺得自己沒有那樣的權利。

她無法嘲笑這次那些同時是加害人也是被害人的人們。他們或許正是珠子自己。

「人類是愚蠢的生物。」

「咦？」

「不去了解世界很複雜，以為只有對自己有利的結局會來臨，否則就會發脾氣說『不應該是這樣』。真笨，實在是愚蠢到不行。」

明明就是自己選擇的結果——東彌似乎覺得很滑稽地笑著。

「不過最愚蠢的，就是以為那是別人的事。這是最笨的。」

人類傾向將異常、不幸、悲劇想成與自己無關。

看到凶殘犯罪的新聞，也許會憂心世道，卻不會認真地想「自己也有可能受害，要小心一點」，更完全不會想像也許因為某種差錯，自己也可能造成這樣的慘劇。大多數人都會以為事不關己。

在這個瞬間，「邪惡」會稍微接近。

靜靜地，但是確實地，朝著心中產生的縫隙，或是從那個縫隙逼近。

「小珠會反省自己的行動，試圖負起責任，也不會把其他人的不幸當作事不關己。光是這樣就很了不起。」

東彌說完開始奔跑，中途回頭一次用力揮手道別，然後就沒入車站建築當中。

珠子感覺心情變得稍微輕鬆一些。

＋＋

東彌搭了二十分鐘左右的電車，到達最接近住處的車站，打了一個大呵欠，下了電車。他好久沒有回家了。接下來就是暑假。雖然需要定期去醫院，但是不像之前那樣有生命危險，應該可以放慢步調。

戻橋東彌是必須一直賭博才能生存的人。

但也不只是這樣。雖然排在第二、第三順位，但是和朋友共度的無謂時光，對他來說也是很重要。

他想要湊齊人數來打麻將，或是和那名拘謹的搭檔一起去旅行，兼作慶功也不錯。他計劃著還有一個多月的剩餘暑假，走向階梯。

然後，他立刻發覺到了。

設置在月台的長椅上，坐著一名穿著算命師般的長袍的少女，正閱讀一本書。

「妳該不會住在附近吧？」

東彌坐在斜後方的位置詢問，少女回答「不是」。

「我是來見你的，戻橋東彌。」

「哦？有什麼事嗎？」

「沒什麼特別的事，我只是想要再見你一次。跟當時一樣。」

「這樣啊。妳該不會對我一見鍾情吧？」

「沒有。」少女冷淡地否認，然後說出理由：「而且鳥邊野先生會輸，也是滿稀奇的。」

「前副教授先生過得還好吧？」

「他很好。不過我沒有見到他。」

兩人背對著背，東彌問：「我可以再問妳一個問題嗎？」

少女回答「可以」，東彌便抓住機會問：

「在大學見到妳的時候，妳給我看『高塔』的牌，還說『你最好退出目前在處理的案件』，不是嗎？」

「是的，我的確說過。」

「那也是前副教授的指示嗎？」

「不是，是我自己的意志。」

接著她又說，佛沃雷也不是鐵板一塊。

事到如今也不用再提了，這個魔眼使用者組成的犯罪結社並沒有規則這種東西。少女之所以聽從弦一郎，只是因為「沒有拒絕的理由」。她既不是弦一郎的下屬，也沒有醉心於他的思想。兩人只是身在同一個組織。

「是的，和一之井先生的時候一樣。當時他來求救，所以我試圖救他；這次我被請求協助，所以提供協助。」

「這樣不算背叛嗎？」

「不算。我並沒有被要求不要提出建言。」

「聽起來好像詭辯。」

「我們就是這樣的組織。」

東彌試探地問：「妳要不要當我的夥伴？」少女的回答是「我會想想看」，難以判定是肯定還是否定。

這或許就是她的態度。她既不像布拉克那樣為組織行動，也不像弦一郎那樣憑本能行動。她只是淡淡地殺人。

少女說：

「我並不喜歡弦一郎。他是散播死亡與毀滅的邪惡本身。我之所以對你提出忠告，也是因為覺得你要是被他弄得不幸，那就太可憐了。」

「真是謝謝妳啦。」

「同樣地，我也不喜歡你。你跟弦一郎一樣，正是因為比誰都更像人類，所以是無庸置疑的邪惡。」

如果珠子在場，大概會憤怒地反駁說：「他跟那個惡魔不一樣，雖然會賭上自己的生命，卻不會玩弄他人的生命。」

然而，東彌並不否定。他知道自己和弦一郎屬於同一種人。兩人都是無可救藥的問題人物。

他們沒有崇高的決心與高遠的志向，只不過是能夠拋棄生命的人類。只要是為了滿足內心深處的衝動，一切都可以拋棄。這裡的「一切」包含常識、道德觀、朋友與情人。

他們是異常的。

「總有一天，你會殺死你那位夥伴。你會害她死掉。想到那樣的不幸，現在殺死你或許是正確的結局。」

「妳以為自己是神嗎？」

「是的，因為我是死神。」

少女對於挑釁的言語也只是淡淡回答，然後站起來。

「我和父親不一樣。我不會隨便殺死任何人，只會殺渴求死亡的人，以及該死的人。大家稱呼我為『作夢的死神』。」

「父親？該不會是……」

「是的。我的名字是諾蕾姆．布拉克。你殺死的威廉．布拉克是我的義父。不過我跟柊不一樣，並沒有對你懷抱怨恨，所以你可以放心。以那個人的生活方式，什麼時候死掉都是理所當然。至於你又如何呢？」

她脫下長袍的帽子，露出側臉。她是個五官很端正的少女，然而就如令人聯想到「霧之國」的北歐大地，同時具備美麗與難以言喻的詭異。

她的髮型很特別，只有後腦的頭髮綁成一條很長的辮子。不對稱的瀏海後方，隱約可見美麗的眼睛。宛若仙女翅膀般的清澈碧綠眼眸，蘊含著奇妙的光芒，好似能夠魅惑人心或是看穿內心。

或者——

也像是在憐憫東彌，為他悲傷。

「再見，戻橋東彌。你有一天也會死，就跟我的義父一樣。」

「人只要活著，遲早會死，重要的是怎麼生活……不是嗎，死神小姐？」

這是最後的對話。

死神少女上車之後，電車立刻出發，轉眼間就看不到蹤影。「我要前往何方？」東彌難得思索這樣的問題，不過立刻恢復心情，離開月台。

街上果然只剩下毫無變化的日常。

後記

對於初次見面的讀者，在此要說聲「很高興見到您」；對於並非如此的讀者，則要說「感謝您平日以來的照顧」。我是吹井賢。

這個故事是虛構的。這個故事是虛構的。這個故事是虛構的。

……好，說了三次應該就沒關係了。這次包含有些敏感的題材，所以我想要強調這只是創作而已。

這方面的煩惱，感覺很有推理小說的特色。既然是需要真實感的文類，就必須要有一定程度的真實性；然而如果太符合現實，有可能被利用在現實的犯罪當中。甚至有人主張：「為了讓推理小說不被利用在犯罪，應該刻意挑選無法實現的圈套。」

不過，書中內容也不算是完全虛假。作品中舉例的某地方銀行相關軼聞，是源自豐川信用金庫事件這起實際發生的案件。世界其實是建立在滿危險的平衡之上，忘記這一點而置身事外時，就會離邪惡稍微近一點。

《破滅的倒懸者》第二集就是這樣的故事。

那麼，接下來就要寫謝辭了。

感謝在百忙當中繼續替我畫出美麗插圖的カズキヨネ老師。另外也要借用這個版面，感謝第一集再版時寫下鼓勵評語的松村涼哉老師。還有因為我直到期限逼近才完成原稿而困擾的各位，在此要對你們表達深深的歉意。下次我會注意的。接著要感謝用「開始感覺刺痛了吧」這種現實中很少有機會聽見的說法給我斥責與激勵的編輯Ａ。這次的故事和網路有關，因此我得感謝我還不是「吹井賢」的時候就陪伴我的網友Ｈ和Ｓ。多虧你們，才有現在的我。「等我成為專職作家，會在後記提到你們的名字。」幾年前因為當下的氣氛說出的這句話，因為某種因果關係實現了。這世界真的不知道會發生什麼事。

這部作品如果能夠為各位讀者帶來一時的快樂，對於作者來說就是最大的喜悅。再會，我是吹井賢。

吹井賢

輕文學 Light Literature

少女與魔女追求無可替代的友情，
在彼此生命刻下無法抹滅的軌跡——

另一位魔女

入間人間／著　何陽／譯

發生於校外教學的意外，讓六個孩子獲得魔女贈與的樹果。神奇的樹果不僅讓人死而復生，並能在復生時實現一個願望——只是，可能以扭曲的形式實現。
各自的願望導致因果複雜糾纏，迎向預料之外的事態發展。活過漫長時光、有如永生的魔女，看著這群孩子的去路，許下了什麼願望？

定價：NT$260/HK$87